Moçambique com Z de Zarolho

MOÇAMBIQUE COM Z DE ZAROLHO

MANUEL MUTIMUCUIO

PORTO ALEGRE  SÃO PAULO · 2022

COLEÇÃO GIRA

A língua portuguesa não é uma pátria, é um universo que guarda as mais variadas expressões. E foi para reunir esses modos de usar e criar através do português que surgiu a Coleção Gira, dedicada às escritas contemporâneas em nosso idioma em terras não brasileiras.

CURADORIA DE REGINALDO PUJOL FILHO

Afonso Cruz

Ana Margarida de Carvalho

David Machado

Gonçalo M. Tavares

Joana Bértholo

José Luís Peixoto

Manuel Mutimucuio

Patrícia Portela

Paulina Chiziane

Ricardo Adolfo

Edição apoiada pela Direção-Geral do Livro, dos Arquivos e das Bibliotecas / Portugal

Ao Darren de Lello

Prefácio
9

Capítulo I.
BOM DIA
13

Capítulo II.
PARLAMENTO
29

Capítulo III.
A AVALIAÇÃO
51

Capítulo IV.
O RENASCIMENTO MOÇAMBICANO
63

Capítulo V.
O FESTIVAL
73

Capítulo VI.
DESPEDIMENTO
89

Capítulo VII.
O TRIUNFO DAS ELITES
105

Capítulo VIII.
O LINCHAMENTO
115

E SE, DO DIA PARA A NOITE, a língua oficial do seu país fosse alterada quase tão rapidamente quanto num estalar de dedos? E se você mal dominasse a velha língua, o que dizer da nova? E se, para além dessas preocupações, tivesse que acordar diariamente, antes mesmo do primeiro raio de sol, para enfrentar a confusão dos transportes públicos e a ira dos patrões por causa de um atraso mais do que justificado? Pois é esse o Moçambique de Hohlo, empregado doméstico que se vê abandonado em um universo de ruas sem saídas, onde sua única esperança — alcançar o domínio completo da língua portuguesa como possibilidade de ascensão social — se vê interrompida forçosamente pela chegada avassaladora de uma nova língua oficial: o inglês.

Mas não se deixe enganar pelas dificuldades e o desamparo do protagonista: se as ruas são sem saída para os que estão à margem, sempre há um atalho disponível para os mais abonados. É justamente esse atalho que Djassi, político de renome e patrão de Hohlo, procura encontrar ao se ver desacreditado por seus pares e pela mídia após realizar uma defesa infrutífera da soberania da língua portuguesa. Contudo, para esse tipo, sempre há tempo para mudar o discurso, visto que a linguagem da política só carece de entendimento quando secam os interesses. É ao reconhecer isso que Manuel Mutimucuio nos apresenta um país de contrastes e contradições, de privilegiados e desfavorecidos. Se o título do seu romance anterior, *Visão*, passa ao leitor a ideia de que há olhos abertos a perceber o que ocorre no mundo e nos sugere uma possibilidade de mudança, *Moçambique com Z de zarolho* rompe completamente com essa expectativa: aqui, a visão está comprometida, ou melhor, é apenas parcial, pois há sempre um olhar de soslaio que remanesce perante a escuridão e as incertezas do futuro. Se Hohlo, apesar de todos os obstáculos que surgem, não desiste de suas pequenas ambições, tampouco Djassi deixa anuviar sua vontade de obter um reconhecimento mais elevado e uma bolsa de estudo no exterior para seu filho mais velho. Ainda que em situações muito distintas, ambos apresentam uma resiliência que talvez demonstre justamente a força motriz do povo moçambicano, isto é, a capacidade de resistir às dificuldades e de lutar por mudanças. Cabe-se, porém, perguntar: lutar por quais mudanças? Pois é aí que reside a questão fundamental de um povo que pretende afirmar uma origem e uma identidade. Talvez o que esteja faltando é um verdadeiro grito em uníssono, uma afirmação composta pela mistura das diferentes linguagens moçambicanas. No momento, o que se ouve é a fala dos mudos, aquela que não diz nada, mas que, ainda assim, é reverenciada e contemplada sem razão aparente. Diante desse cenário sombrio, este romance surge como um pequeno grito de identidade, um alerta contundente mediante uma profusão de ruídos ininteligíveis. Cabe ao leitor decidir se tapa os ouvidos ou se grita junto, na sua própria língua.

Oz Solon Iazdi

Capítulo 1:
BOM DIA

Hohlo ignorava o barulho e a vibração que insistiam em o empurrar da cama. Recusava-se simplesmente a abrir os olhos para esclarecer o enigma. Desconfiava que fosse chuva ou trovoada, porque, na noite anterior, quando voltava da escola, o tempo estava perturbado, agitado por um vento arrogante que soprava com ímpeto e continuamente, expondo a precariedade da cidade.

Puxou o cobertor para melhor proteger a cabeça. Entretanto, expôs assim a planta dos pés ao frio da madrugada. Irritado, colocou-se na posição fetal e redescobriu o prazer do calor, mas o sono não sobreviveu a tanta agitação.

Estava claro que não chovia. O seu telhado de zinco não era bom de guardar segredos. A fonte das vibrações e do barulho era o seu modesto telemóvel que anunciava a hora de despertar.

Ainda deitado, esticou uma perna para uma fila de vasilhas de água que inadvertidamente fazia fronteira entre o quarto e a cozinha. O primeiro recipiente não resistiu à violência. Caiu inerte sem lacrimejar. Não tinha água. Hohlo aligeirou-se e chutou com mais força o resto dos depósitos. Todos imitaram o primeiro, com a exceção de um que baloiçou, mas não vergou.

— Porcaria! — exclamou, exteriorizando a sua frustração.

Estava sem água para o banho e para tantas outras necessidades. Esse evento era inesperado, se bem que não raro. A última vez que isso sucedera, tinha tido uma conversa muito séria com a Saquina, sua empregada doméstica. Ele, que também era empregado doméstico, sabia que a sua patroa não teria perdoado. Mandava-o para a rua sem contemplações.

O pensamento de que era empregado doméstico com uma empregada doméstica rasgou-lhe um sorriso. Refletindo um bocadinho mais sobre como tudo isso soava inusitado, não conseguiu evitar uma solitária gargalhada. Arranjou os seus pensamentos para se certificar de que a vida de Maputo não o havia enlouquecido e pôs-se a explicar a si próprio as razões por que precisava de ajuda doméstica. Não eram, certamente, os atributos físicos da Saquina. Deliberadamente, escolhera uma mulher que a si parecia nada atraente mesmo em lapsos de embriaguez. Tão-pouco eram as suas qualidades intelectuais. Ela era a maluquinha da zona de quem todos zombavam. Neste aspecto, confessa que teria preferido alguém mais alerta, mas a sua oferta de módicos quinhentos meticais de salário mensal só dava mesmo para a empregada que agora tomava conta do seu minúsculo quarto arrendado.

Com os seus vinte e sete anos, se ainda estivesse na sua terra natal, de certeza que a solução para o seu problema passaria por arranjar uma companheira. Não conseguia lembrar-se de um amigo lá da província que não tivesse pelo menos uma mulher. Mas as coisas eram diferentes em Maputo. Pelas mesmas razões que nem uma namorada queria ter, descartava qualquer hipótese de viver com alguém que tomasse conta de si e da casa. Essa parte da equação era fácil e, se terminasse por aí, de certeza que nesta madrugada fria não só teria os reservatórios repletos de água, como também teria água quente na casa de banho à sua espera. O verso da medalha é o que o assustava. A sua companheira também havia de esperar que ele tomasse conta dela. Ele achava-se carinhoso, mas desconfiava que não tivesse estofo financeiro para segurar uma donzela da capital.

Com a situação do banho resolvida por omissão, saiu, finalmente, da cama. Não havia muito que deliberar, escolhendo a calça, a camisa e os sapatos que vestira no dia anterior. Humedeceu as mãos, passando-as gentilmente sobre as paredes de chapas de zinco que haviam acumulado gotículas de água, fruto da condensação da noite. Com a ajuda de uma pequena barra de sabão, esfregou as mãos e passou-as sobre o rosto e os braços para encobrir a palidez da pele.

Olhou para o telemóvel, que agora marcava cinco e dez, e apercebeu-se de que era tempo de ir andando para não se atrasar ao trabalho. Sabia que se chegasse depois das seis causava uma hecatombe. Literalmente, a família Costa acordava quando ele tocava a campainha.

Mal colocou os pés fora do quintal, não pôde evitar que a questão, se havia chovido ou não, lhe cruzasse de novo o pensamento. A rua que o separava da estrada principal, onde apanharia transporte público para o trabalho, estava alagada. Se não estivesse habituado a condutas assim expostas, que perdiam quase toda a água que estava destinada aos domicílios do seu bairro, era capaz de jurar que tinha chovido. Preferiu, contudo, protelar a decisão final para o xitala mati, uma depressão junto à paragem que inundava por longos dias sempre que chovesse.

Não houve tempo para inspecionar a cavidade. Estava naquele local uma multidão que esperava por transporte para o centro da cidade. Juntou-se ao aglomerado e procurou aclimatar-se. Era incrível como não conseguia identificar um conhecido para se informar se havia ou não falta de chapas. Não precisou, porém, de muito tempo para obter a resposta. Passaram três chapas, todos repletos de passageiros, e eles nem se deram ao trabalho de abrandar na lomba que estava antes da paragem. Apareceu um quarto em marcha lenta, o que indicava predisposição para forçar mais uns passageiros, mas, quando a gente começou a correr, uns do lado da porta, outros buscando refúgio em pontos de apoio, como janelas abertas, espelhos e limpa-para-brisas, o motorista assustou-se e, com os olhos suficientemente fechados para ignorar a plebe, pisou no acelerador o mais fundo quanto pôde. Aproveitando a reorganização da multidão e a ausência de alguns que tinham corrido sem sucesso atrás do autocarro que há pouco desistira de levar passageiros, Hohlo colocou-se à frente para testar a sua sorte no próximo embate.

Passaram-se mais dez minutos sem que houvesse um transporte público. Quando a multidão se apercebeu de um autocarro do serviço municipal que se aproximava da paragem, recomeçou o jogo do empurra-empurra. Hohlo perdeu o lugar cimeiro que há pouco conquistara. Apreensivo com o espectro de ficar em terra, passou a sua pasta das costas para o peito e preparou-se melhor para a luta que já se intensificava. O machimbombo, que também vinha cheio, não parou completamente. A memória das pessoas ainda estava fresca e havia consciência de que o desfecho podia ser similar ao do chapa que quase causou um desastre, mas a responsabilidade de chegar à cidade a horas falou mais alto e deflagrou uma corrida ao autocarro. Para diminuir a lista de elegíveis, o condutor do machimbombo aumentou ligeiramente a velocidade da marcha e, para muitos, o gesto soou a um déjà vu, e eles desistiram da perseguição antes que o pior acontecesse. Os mais fortes e rápidos, todavia, perseveraram, e Hohlo, decidido a estar entre os escolhidos, correu com todos os seus pulmões e saltou para dentro do autocarro. Quando ainda estava a saborear a sua vitória, ouviu um grito ríspido de uma senhora em desespero.

— Estás a pisar-me!

Hohlo tentou olhar para o chão para aferir se era o culpado, mas não conseguiu. Estavam tantos corpos juntos que não havia espaço para se dobrar. Optou por testar os pés pressionando no chão.

— Mamanoooo! — gritou alguém.

A voz era diferente e vinha de perto. Hohlo não teve dúvidas de que, na vez anterior, não tinha sido o culpado.

— Desculpa, senhora — Hohlo disse em tom de contrição.

— Desculpa, desculpa o quê? — respondeu a vítima, negando qualquer perdão.

Como a senhora não tivesse continuado, Hohlo ajeitou quanto pôde o seu pé, até que, com o movimento do autocarro, conseguiu uma posição mais confortável.

O senso de sossego foi sol de pouca dura. O chapa parou mais vezes para recolher outros passageiros desesperados em chegar à cidade para mais uma jornada de trabalho. Os que já estavam no carro irritavam-se pelo pouco conforto que perdiam a cada nova admissão, mas exasperavam-se mesmo era pelo tempo perdido.

— Será que esta gente não sabe que o carro já está cheio?!

Mesmo os que acabavam de entrar rapidamente hostilizavam os que lhes seguiam o exemplo.

O movimento continuou num único sentido por quase uma eternidade, até que começaram a aparecer os primeiros prédios da cidade. Um a um os passageiros foram abandonando o autocarro, mas Hohlo teve de suportar a odisseia por ainda mais um tempinho, porque trabalhava na "cidade de verdade".

Chegado à entrada do prédio dos seus patrões quase uma hora mais tarde do que o habitual, tentou passar despercebido entre os outros empregados domésticos que estavam concentrados no átrio, na sua cavaqueira habitual antes do expediente.

— Lá vai ele às pressas assinar o livro de ponto — disse uma colega de profissão em changana, com a exceção da expressão "livro de ponto", que não parecia ter equivalente no idioma local.

Mesmo ciente do facto de não ter tempo a perder, Hohlo não resistiu às gargalhadas que não pareciam ter fim e sentiu-se na obrigação de se defender.

— É que estou muito atrasado. Vocês sabem que os meus patrões só acordam quando eu chego. Hoje temo que se atrasem e todas as culpas recaiam sobre mim — Hohlo retrucou num changana erudito, quase dos livros religiosos. Esta era uma habilidade que já lhe era reconhecida entre os seus pares: ele falava changana puro de Gaza, sem qualquer contaminação do português, mas tinha dificuldades igualmente notáveis quando se expressava na língua oficial da nação.

— É nisso que dá trabalhar para negro igual!

Hohlo ignorou o comentário, pois sabia que a família Costa, para a qual ele trabalhava, era uma rara exceção no condomínio dominado por europeus, chineses, paquistaneses e indianos. Era fútil tentar defender-se, porque desencadearia uma luta de egos, e dizer-lhes que o seu patrão era deputado da Assembleia da República nunca seria suficientemente forte para suplantar o facto de que ele trabalhava para um mulandi. Uma quase aberração, porque, como dizia a empregada do décimo esquerdo, "Deus não é maluco para ter determinado que patrão e branco em changana sejam a mesma palavra".

— Até pareces aquele mordomo da novela das catorze horas!

A malta não desistiu e atirou várias farpas para ver se alguma colava e conseguiam mais tempo de distração às custas do empregado que vinha da província. A referência à telenovela brasileira captou a atenção de Hohlo, que era um consumidor compulsivo desse produto de exportação brasileiro. A comparação ao personagem televisivo era muito ofensiva para ficar desamparada e ele, mais uma vez, interrompeu a marcha. Já imobilizado e com todos à espera que dissesse algo, não lhe ocorreu nada inteligente. Vacilou abrindo e fechando a boca sem, no entanto, lograr qualquer palavra, e finalmente tentou a sua sorte com um insulto curto, incisivo e que esperava não deixar espaço para retaliações, porque precisava mesmo de subir para ir trabalhar:

— Ncongo wa nhine!

Já no terceiro andar direito, respirou fundo, disse algumas preces e premiu a campainha. Não teve tempo de descansar o dedo do botão para repetir a operação porque a porta escancarou-se logo a seguir. Aquela eficiência cheirava a terror. Hohlo, cabisbaixo, saudou a patroa, que naquele preciso momento parecia ter dois metros de altura.

— Bom dia, senhora!

— Queres fazer-nos perder emprego para sermos uns coitadinhos como tu?

Sem retribuir a saudação, Paloma disparou de rajada a sua desaprovação. Não contente com o efeito que a admoestação inicial causara no visado, reforçou o seu argumento:

— São horas de chegar, essas? Até parece que trabalhas no Estado!

Hohlo, que se tinha convencido a si próprio de que a melhor estratégia para resistir à tempestade era manter-se calado, claudicou e disse a única coisa que sabia ser verdade.

— São chapas, senhora!

— Hohlo, Hohlo, não me venhas com essa. Cada um sabe as condições que tem e adapta-se. Se vives longe, acorda cedo. Não estou nesta vida para tolerar estas brincadeiras.

Ele, que sabia ter acordado de madrugada, decidiu aceitar a crítica calado e rapidamente fazer-se ao trabalho para compensar. Foi ao quarto dos meninos, quartel-general de Castigo, filho mais velho, e Kevin, a última sorte.

Entrou sem bater à porta para evitar acordar o patrãozinho chato. Todavia, naquele dia, o risco era mínimo. Castigo, que preferia que o tratassem por Quest, dormia um sono quase sepulcral e exalava álcool de asfixiar. Com pena do Kevin, que dormia inocente dos problemas do mundo, levantou-o, sem o acordar, e levou-o à casa de banho para preparação rápida.

A caminho da casa de banho, notou que o patrão estava na sala de estar a ver televisão. Djassi Costa era deputado na Assembleia da República e não perdia programas noticiosos, e isso só fazia sentido porque conhecia de cara e, muitas vezes, de nome, os personagens mediáticos da praça. Às vezes, ele próprio era notícia. O empregado, por sua vez, preferia telenovelas. Devia também ter que ver com o seu ofício. Qualquer que fosse o enredo, não faltavam cenas de empregados domésticos e patrões nas várias novelas que lhe faziam companhia durante o dia laboral.

Hohlo tentou passar despercebido, porque o chefão parecia mais concentrado do que o habitual. O som do televisor estava alto e ele parecia não concordar com nada do que se dizia. Abanava a cabeça e dizia algumas palavras ininteligíveis, mas que soavam a insulto. Entretanto, quando virou a cabeça para o corredor, Hohlo sentiu-se na obrigação de o saudar.

— Bom dia, patrão — com quase reverência, dirigiu-se a Djassi.

— Então, jovem? Tudo bem? — o dono da casa respondeu de forma calorosa, mas, ao não precisar reciprocar o "bom dia", deixou claro como estavam estabelecidas as relações de poder. — Esse macaco ainda não acordou?

Djassi perguntava pelo filho que ia nas costas do empregado. Sabendo que o filho predileto dos Costas só era tratado por macaco quando se comportasse como tal, Hohlo entrou em defesa do menino:

— Já está a acordar, patrão.

— Não está a acordar, nada. Põe o gajo no chão e deixa-o andar por si só ou ainda acaba um preguiçoso e burro como o Castigo.

Djassi exteriorizou o que Hohlo já sabia. Castigo, como o pai preferia tratá-lo, talvez por ser a encarnação do nome, não era nada popular em casa. Não estava a estudar, bebia muito, tinha muitas namoradas e tinha o hábito de não dormir em casa. Hohlo abanou gentilmente o Kevin, ainda nos seus braços, suspirando "menino, acorda; menino, acorda" para evitar colocá-lo no chão ainda a dormir. O rapaz obedeceu e, ao despertar, viu o pai concentrado na TV. Libertou-se do empregado e foi para os braços do pai.

— Morning, daddy!

Djassi reciprocou a saudação, mas em português, dando um valente abraço e acrescentando:

— Vai, vai. Tá na hora de te prepares para a kindergarten.

Kevin frequentava uma creche de gestão indiana em que todo o ensino era ministrado em inglês. Os gestores escolares eram muito estritos com o horário e, se os

Costas perdessem mais tempo, o menino ficaria do lado de fora. Ainda assim, Djassi roubou alguns segundos para dizer ao empregado que o dia era especial. Ele falaria no Parlamento, seria bom que sintonizasse o canal público de televisão por volta das onze horas.

Djassi aproveitou a interrupção para se arrumar também. Como já esperava, a roupa que devia pôr estava separada na cama. Preferia uma camisa mais neutra, mas não estava com estômago para suster uma discussão por opções de indumentária. Tudo o que queria naquele instante era sossego para processar o que estava prestes a acontecer no Parlamento.

Tocou a campainha. Era o motorista do patrão. Como sempre, trazia uma camisa muito larga para o seu corpo de fome, mas, mais do que lhe cobrir o esqueleto, a função da vestimenta parecia ser a de esconder a pistola de serviço. Mesmo com a porta aberta, o motorista manteve-se do lado de fora à espera da pasta do chefe e de Kevin, que o tratava por tio Cebola.

Djassi ainda estava sob os cuidados da esposa no quarto. Paloma já lhe tinha feito trocar quatro gravatas, mas o atraso agora se devia à busca do nó perfeito.

— Amor, eu acho que as pessoas se vão preocupar mais com o que vou dizer, não com o que vesti — disse Djassi, frustrado com a preparação que não parecia ter fim.

— Dizes isso tu. O que te esqueces é que, se te apresentas mal lá fora, quem fica na boca do mundo sou eu — Paloma defendeu-se.

Sem saber se concordava ou não, o marido preferiu abstrair e imaginar o decurso da sessão na Assembleia da República, enquanto a esposa protegia as honras da família. A sessão não só era importante porque haveria de falar, mas porque estaria em discussão um tema que não reunia consensos mesmo dentro da sua bancada. O governo submetera para discussão um projeto de lei que, se aprovado, substituiria o português pelo inglês como língua oficial do país.

Djassi estava muito seguro dos seus argumentos, mas preocupava-lhe o rescaldo. Se a sua posição prevalecesse, a sua relação com o governo, apoiado pelo partido de que também era membro, ficaria prejudicada. Não era um bom desfecho, porque o peso do executivo nas decisões sobre o acesso às oportunidades era desproporcionalmente superior a qualquer outro poder constitucional. Se, por outro lado, vincasse a posição do governo, ele corria, na mesma, o risco de ser persona non grata.

As suas deliberações, no entanto, não se limitavam ao seu futuro político, porque não teria sido a primeira vez que defendera uma ideia com a qual não concordava em benefício da disciplina partidária. Muitas eram as leis para as quais tinha votado a favor, quando submetidas pelo governo, e contra, quando de iniciativa da oposição, sem ler os documentos. Aliás, eram leis de relevância questionável na vida das pessoas. Mas agora era diferente. A lei, cujos proponentes a batizaram com o nome sugestivo de Lei do Renascimento Moçambicano, haveria de ter, de certeza, repercussões do Rio Rovuma ao Rio Maputo.

Quando, finalmente, Paloma o libertou, saiu de casa com a convicção de que ia ao Parlamento fazer história.

Meia hora depois, Hohlo ouviu o tilintar das chaves do segundo carro de trabalho do patrão, que estava ao serviço da senhora. Prontamente aproximou-se para registar as orientações do seu dia de trabalho.

— Cozinhar arroz, fritar batatas e assar um frango. Não encher arroz. Isto não é um quartel.

A chamada de atenção da patroa estava clara. Hohlo deliberadamente fazia muito arroz, porque sabia que lhe seriam doadas as sobras que competiam por espaço na geleira da família Costa. Depois do atraso, tinha esgotado a tolerância para falhas. Procederia conforme indicado, mas haveria de tentar a sua sorte com o óleo de cozinha. Era-lhe também sempre dado o resto do óleo dos fritos para levar para casa. Para garantir uma quantidade razoável, iria fritar as batatas da ementa do dia numa verdadeira piscina de óleo.

— Sim, senhora.

Com a confirmação do empregado, Paloma deixou as preocupações domésticas atrás da porta. Hohlo, por sua vez, pôs a louça do pequeno-almoço e a do jantar do dia anterior na máquina de lavar. Recolheu, em todos os quartos, a roupa suja, que também colocou na máquina de lavar. *Quando é que vão inventar uma máquina de varrer?! E a de engomar? Já agora, uma máquina para fazer todos os trabalhos de casa?* Sorriu e depois ficou sisudo — e não foi do embaraço por estar a falar sozinho, mas porque rapidamente se apercebeu de que o seu desejo de preguiçoso o haveria de deixar desempregado, sem abrigo e talvez sem dinheiro de machimbombo para voltar às machambas de Ndindiza.

Enquanto esperava que as máquinas inofensivas fizessem o seu trabalho, abriu a sua pasta e de lá retirou o livro e o caderno de português. Tinha uma avaliação naquele dia, e estava determinado a sair-se bem. De todas as disciplinas, a que mais gostava era a de português. Na verdade, só se tinha matriculado na 6ª classe porque queria dominar a língua portuguesa de Maputo, aprendendo os fundamentos desde a base. Trazia consigo de Ndindiza o secundário básico concluído, mas reconhecia que o seu português só dava mesmo para ser empregado doméstico. Seu sonho era falar tão bem português para ser político como o patrão. Gostava de o ouvir falar. Era como se a língua não tocasse nos dentes. Desconfiava que o patrão tivesse estudado em Portugal ou, no mínimo, tivesse aprendido diretamente com os portugueses no tempo colonial. A última opção era a mais provável, porque sempre que a senhora fizesse algo que o patrão julgasse ignóbil, dizia "como é que o filho do assimilado Costa veio parar nesta casa?". A única coisa de que Hohlo tinha certeza era que, a falar como o patrão falava, não teria mais problemas de emprego na vida.

Quest, que finalmente despertou para um novo dia, viu-o a estudar quando caminhava para a casa de banho. Ainda com a voz rouca e grave do sono, e talvez da farra do dia anterior, sussurrou:

— Como é que é, Hohlo? Sempre a marrar. Afinal, porque te bates a cabeça? Terias que marrar pelo menos mais quatro anos para os cotas te aumentarem o salário.

Não acreditando no que ele próprio acabara de dizer, prontamente retificou:

— Mas também, aqui em casa não joba essa merda de diploma.

Antes que Hohlo reagisse, acrescentou, sorrindo:

— E se quiseres fazer um job onde se valoriza diploma, tens que marrar pelo menos mais dez anos. Não é por mal, meu bro, mas estás a perder tempo.

Do silêncio do empregado, o patrãozinho, que falava do lado do corredor, ficou com a impressão de que não se fazia ouvir o suficiente. Entrou na sala e continuou a troça:

— Bro, eu, no teu lugar, se tivesse esse teu corpo de atleta, esse cheiro de macho africano, essa cor de negro original... — Quest pausou e rebentou a rir, preparando a sentença. — Eu haveria de criar cabelo, aprender inglês e ficar na zona da marginal a engatar brancas. Irmão, este é, talvez, o teu passaporte seguro e mais rápido para saíres da pobreza. Marrar! Marrar, o quê?! Um gajo aqui marrou todas estas classes que ainda queres marrar, mas ainda está aqui em casa dos velhos a ser matrecado como se fosse um puto.

Com a exceção da sugestão de Hohlo se prostituir, o resto era música para os seus ouvidos. Sempre que Quest o visse a estudar, gozava consigo que era uma perda de tempo. Hohlo não o levava a sério.

Quest notou, porém, que a atenção de Hohlo estava dividida em três. Ouvia as suas provocações, tinha nas mãos um livro, mas os seus olhos estavam fitados na TV, que mostrava o desfile de parlamentares que chegavam, nos seus carros protocolares, à Assembleia da República.

— Hohlo, isto está sério! Já não vês novelas. Agora és um gajo de noticiário, hem?

— Não, menino, patrão vai falar hoje no Parlamento. Não queres ver o papá? — Hohlo defendeu-se da investida.

É verdade que ele era apaixonado por telenovelas brasileiras, vendo as matutinas e as vespertinas sempre que o rigor do trabalho doméstico permitisse. Não conseguia, porém, ver as principais novelas, que passavam entre dezanove e vinte e uma horas, tempo em que estava na escola, mas não perdia a repetição no dia seguinte de manhã.

— Tu és mesmo um bobo. Então deixas de fazer o job que te paga o salário para ouvires o teu patrão político a mafiar. Abre o olho, Hohlo. Quando o cota senta lá no Parlamento, está a jobar. Tu, quando sentas aqui para o veres sentado, não estás a fazer nada. Ele mesmo te pode mandar passear.

— Desculpa, menino Quest, foi o patrão que me disse que hoje ele iria falar e que queria que eu visse — Hohlo explicou-se, já apreensivo de que Quest pudesse dizer à mãe que ele passava a vida a ver televisão.

— Ok, ok. Desliga lá esta tua merda e a do teu patrão e desce lá para me comprar uma cerveja. Estou com babalaza — Quest exigiu, desvalorizando a justificação.

Quando Hohlo sinalizou estar à espera de dinheiro para cumprir a ordem, Quest começou a caminhar em direção à casa de banho e gritou "podes usar o taco que a velha deixou". Hohlo não ousou desafiá-lo. No final de contas, o dinheiro da patroa era mais do menino Quest do que, seguramente, seu. A ginástica era sempre fazer o dinheiro chegar para as instruções da senhora e para os caprichos do patrãozinho.

Capítulo 11.
PARLAMENTO

O percurso curto de casa à escolinha de Kevin era geralmente feito num ambiente descontraído, com Djassi trocando pequenas brincadeiras com o filho a fim de compensar as longas horas de ausência. Naquele dia, todavia, o deputado estava com a cabeça noutra galáxia, rebobinando mentalmente a história que culminava com o projeto legislativo a ser debatido na hora seguinte.

Havia um novo governo que a imprensa chamava de tecnocrata, porque todos os ministros e o presidente, em particular, eram portadores de diplomas de doutoramento das universidades mais renomadas do mundo. Como uma das suas principais iniciativas legislativas, o executivo tinha mandado para a Assembleia da República o que chamava de Lei do Renascimento Moçambicano. Havia nervosismo em todas as camadas informadas da sociedade, mas a tensão era maior no seio do partido no poder. No programa matinal que Djassi tinha visto, estavam, sem margens de dúvidas, operativos que defendiam o que se desconfiava ser a posição do governo. Porém, nas ondas sonoras do rádio do carro, estavam outros nomes conhecidos da chamada ala intelectual do partido que defendiam uma posição diametralmente oposta. Estava claro que, nos debates do Parlamento, contrariamente ao habitual, as linhas de argumento não estariam divididas entre as bancadas, que seria uma luta entre classes sociais, entre os que não viam a necessidade de alterar o status quo e os que não tinham nada a perder em experimentar o desconhecido, entre os que se prepararam para o que estava por vir e os que acreditavam e investiam tudo no presente. A única certeza é que ninguém sabia como votariam individualmente os deputados e se o governo teria carta-branca para implementar o seu projeto de desenvolvimento.

Djassi libertou-se do seu pensamento e surpreendeu-se ao ver o menino ainda dentro do carro. Sem que precisasse perguntar ao velho motorista Cebola, viu que o tráfego estava atipicamente mais congestionado. Não se conteve, no entanto, de exteriorizar a sua frustração.

— Parece que não me querem ouvir falar na Assembleia.

— Quem, pai? — Kevin interveio.

Para evitar equívocos, Djassi tratou logo de desvalorizar o que tinha dito e esclareceu que estava preocupado com o engarrafamento.

— Se o pai fosse ministro, tocávamos sirenes e todo mundo se afastava.

Havia alguma margem de veracidade no que o miúdo dizia, mas não lhe pareceu boa ideia validá-lo na companhia do motorista. Calou-se e tentou afastar da mente pensamentos negativos até que chegassem à creche.

De volta ao carro, com os olhos postos no relógio do pulso e, para confirmar, no marcador do painel, Djassi respirou fundo.

— Estão aí os carros da chefe da bancada da oposição. Ela sempre traz esse aparato quando vem pessoalmente deixar a filha na escola — Cebola disse com um misto de admiração e crítica.

— E depois?

Djassi não viu a razão de excitação. Tanto quanto sabia, não estavam à espera de qualquer deputado, quanto mais um da oposição.

— Estava simplesmente a pensar que podíamos aproveitar a escolta dela para não nos atrasarmos no trânsito. Também acho que ela não se importa que a gente vá atrás, porque o motorista dela, que é meu conterrâneo, diz que o patrão e ela são amigos, ou melhor, que estudaram juntos na Manyanga — Cebola justificou-se.

— Não, não. Deixe-os seguir e depois nós nos arranjamos.

Djassi pausou e sentiu-se na obrigação de esclarecer o seu laço com a chefe dos deputados da concorrência. Estava consciente do risco calculado de apresentar na Assembleia uma posição diferente à do governo que o seu próprio partido suportava. Todavia, a simples percepção ou suspeição, para as mentes mais férteis, de que ele tinha um caso com a líder da oposição era suicídio político. Tossiu para aliviar um aperto no peito e pensou: *Político? Não. Isto é o meu fim e sem direito a exéquias no Paços do Conselho Municipal.*

— Cebola! — Djassi chamou a atenção do motorista. — Conheces o deputado Zunguza? — indagou.

— Sim — Cebola respondeu prontamente.

— É meu amigo? — Djassi continuou com a interrogação.

Cebola hesitou porque não sabia ao certo o que o patrão queria ouvir, nem tão-pouco onde queria chegar com aquela dialética. Jogou, no entanto, à sua sorte e disse um "não" quase inaudível, dada a falta de convicção. Para dissipar as dúvidas, de esguelha, espreitou a reflexão do patrão no retrovisor e sentiu o conforto de ter acertado.

— Conheces o deputado Moreira?

Cebola, com a experiência de, em toda sua vida adulta, ter cumprido tarefas servis, entendeu a brincadeira e o papel que se esperava de si e estava pronto a fazer o que entendia ser sua obrigação, isto é, fazer as vontades do chefe.

— Sim — retorquiu, mas não se recordava de alguma vez ter ouvido falar do tal de deputado Moreira. Apesar de frequentar a Assembleia da República, ele, como muitos moçambicanos, só estava familiarizado com os nomes dos poucos representantes do povo que falavam nas sessões.

— É meu amigo? — seguiu-se o figurino.

— Não — o velho motorista respondeu enquanto dentro de si pensava: *Espero que esta brincadeira pare por aqui. Não que eu tenha opção, mas farta fazer papel de criança para o patrão se sentir adulto; burro para o chefe ficar convencido de que é inteligente; dizer falsidades a fim de provar lealdade.*

Entretanto, a lista continuou até que o próprio Djassi se aborreceu com o exercício retórico e decidiu fazer o seu argumento.

— Esta senhora...

Com dúvidas em relação à escolha do pronome demonstrativo, olhou para frente para se certificar de que a deputada ainda estava por perto, mas as sirenes da escolta da chefe há muito que tinham lacerado o trânsito para impor prioridade de marcha no congestionamento matinal de Maputo.

— Aquela senhora — continuou — estudou na mesma escola que eu, mas também estudaram o Zunguza, o Moreira, a Antónia, o Cossa e tantos outros que não me vêm à memória agora. Isso não faz de nós amigos uns dos outros.

Djassi pausou, mas ainda queria deixar as suas alegações finais.

— Cebola, sei que és profissional e não preciso de te dizer estas coisas, mas o seguro morreu de velho. Aquelas pessoas são adversárias. Não me importo se o teu conterrâneo é ou não militante do partido dela, enquanto trabalharem juntos são do mesmo clube. Portanto, peço-te que guardes as saudades da vossa amizade para o anonimato do vosso bairro. Quando estamos na Assembleia, é Ferroviário versus Maxaquene.

Depois da repreenda, andaram em silêncio enquanto o motorista serpenteava por ruas de sentido único à procura de fluidez de tráfico.

Djassi entrou na sala de sessões a escassos minutos do início do grande debate e, entre sentar-se para uma vez mais ensaiar o discurso e sondar a tendência do voto na sala, optou pela última. Não sabia por onde começar, e serviu-lhe a primeira pessoa que atravessou o seu caminho.

— Então, camarada. Tudo a postos? — Djassi emboscou o deputado Matendane.

— Por mim, hoje não teria vindo. Tudo isto aqui é uma trapalhada. O partido não tem uma posição unificada, e um gajo pode enterrar-se por votar a favor ou contra — respondeu-lhe o colega de bancada com o que pareceu ser muita sinceridade.

— Mas, já que vieste, votas sim ou não?

Djassi solidarizava-se com o dilema descrito pelo colega, mas temia que houvesse pouco tempo para salamaleques. Queria simplesmente saber o que efetivamente interessava.

Naquele momento, juntaram-se mais dois deputados, o Manhate e o Jossias, ambos companheiros no Parlamento, bem como no partido. Matendane aproveitou a distração para esquivar-se da insistência de Djassi, e ele próprio tomou a iniciativa de transferir a batata quente para os recém-chegados.

— Nem li a merda. Vou decidir-me na hora — Jossias desvalorizou a questão.

— Como assim, não leste o projeto de lei? — Djassi desafiou o colega, sem esconder a sua irritação.

— Eu também não li. Tenho muito que fazer para me dar ao trabalho de ler oitenta páginas quando o próprio partido já deixou claro que cada um está livre de votar como ditar a sua consciência. Para mim, isto é um sinal de que os bosses não se importam. Por que razão eu, um simples deputado membro de nenhuma comissão, vou perder sono? Na hora, levantarei a mão com os colegas da bancada — Manhate entrou em defesa do seu amigo.

— E tu, Djassi? — Matendane obrigou-lhe a beber

do próprio veneno. — Pelos vistos já estás decidido, por que não elucidas a malta?

Encurralado, Djassi disse a única coisa que acreditava naquele momento.

— Eu estou contra esta lei e acho que o partido só não se posicionou porque não quer embaraçar o governo. As pessoas que se beneficiam com esta lei já estão privilegiadas. Controlam os poderes económico e político. A maior parte da população merece, pelo menos, ter o domínio cultural. Esta lei, infelizmente, deixa-as desprovidas até de identidade.

— Então, Platão. Estás a complicar o pessoal, ao invés de dizer "camaradas, é assim como devemos votar" e nós, como bons companheiros de trincheiras, sempre estaremos lá contigo — ironizou Jossias.

Djassi, que era bom de retórica, estava escalado para falar. Tinha ensaiado o seu discurso e sentia-se preparado para o recitar de memória, a fim de ser o mais persuasivo possível. Porém, quando ouviu o seu nome nos altifalantes da sala, a expressão "Sua Excelência", como protocolarmente o Presidente da Assembleia da República o tratou, pareceu vazia e carregada de sarcasmo. Naquele momento, os seus freios intestinais começaram a claudicar e só não aconteceu o pior porque recebeu olhares de aprovação dos três colegas de bancada com quem trocara impressões há pouco.

Chegado ao púlpito, de um só gole, bebeu toda a água que lhe estava reservada para controlar a adrenalina e dirigiu-se aos seus colegas legisladores, mas fundamentalmente às câmaras de televisão, que lhe permitiam falar diretamente com a maior parte dos moçambicanos.

Senhor Presidente da Assembleia da República, Excelência
Senhores deputados, meus pares, Excelências
Caros convidados,
Minhas senhoras e meus senhores,

Não me recordo de algum momento da minha vida adulta em que o meu pensamento e as minhas ações não tenham sido influenciados pelas diretrizes e interesses supremos do meu partido, mas hoje falo-vos como um cidadão que sente que o projeto de lei em debate extravasa qualquer posição ou interesse individual ou de algum grupo de pessoas.

Moçambicanos, meus compatriotas, hoje, nesta casa do povo, estamos a discutir a essência do que nós somos como povo. Esta língua, o português, que uso para fazer esta comunicação, a mesma em que foi escrita a proposta de lei que agora discutimos, não nasceu nas terras de Ngungunhana, ou na planície dos Senas, muito menos no planalto dos Macondes, mas é nossa, foi conquistada com o sangue dos melhores filhos desta nação. Jogá-la ao lixo sob pretexto de espevitar o desenvolvimento é negar as heranças de Eduardo Mondlane e Samora Machel.

Compatriota que me ouve a partir de casa, se a invocação da nossa história e cultura não lhe toca, porque este país que é de todos nós não lhe dá o suficiente para comer, para vestir, não toma conta de si e dos seus quando estão doentes, esta mensagem é para si. A proposta de Lei do Renascimento Moçambicano pretende elevar o inglês para língua oficial de Moçambique. Como eu e o compatriota sabemos, mesmo depois destes anos todos depois da independência, a maior parte dos moçambicanos ainda não fala o português como sua primeira língua. Por causa disso, as comunidades rurais continuam marginalizadas, sem poder realizar o seu poten-

cial, porque a ciência e as oportunidades mais aliciantes são transacionadas na língua de Camões. Agora querem introduzir o inglês, porque existe um nicho de moçambicanos que trabalha em multinacionais e organizações não governamentais que tenta normalizar o inglês como a língua da prosperidade. Esses moçambicanos, se bem que modelos para muitos de nós, pela riqueza que ostentam e a educação e proteção que conseguem oferecer às suas famílias, são uma exceção. A sua situação privilegiada não pode condicionar o futuro de todos os moçambicanos.
Tenho dito, muito obrigado.

Houve alguns aplausos na sua bancada, mas também decibéis de apoio noutras bancadas. Djassi estava a tremer, tinha jogado uma cartada política de alto risco, mas, pela primeira vez na vida, a falta de consenso dentro do próprio partido dava-lhe uma rara oportunidade de dizer o que realmente lhe ia na alma.
Seguiu a vez de um deputado da oposição.

Senhor Presidente da Assembleia da República, Excelência
Senhores deputados da minha bancada, Excelências
Minhas senhoras e meus senhores,

Permitam-me, antes de mais, saudar a presidente do meu partido, que, com muita sabedoria, tem orientado os destinos do nosso movimento, que, mais do que nunca, está preparado para ser governo.
Só estamos a ter este debate porque o meu partido forçou que o governo, apoiado pelo partido que governa desde a nossa independência, repensasse os pressupostos de desenvolvi-

mento, porque tudo o que fizeram até aqui foi um fracasso. Pode não ter sido para eles, porque acumularam muita riqueza, mas, para o povo que nós representamos, são décadas de pobreza, doenças, fome e estagnação.

Esta proposta de lei peca por vir atrasada em muitas décadas, mas, como se diz na sabedoria popular, vale mais tarde do que nunca.

Ao adotarmos o português como nossa língua, não só legitimamos o colonialismo, como também escolhemos perpetuar a pobreza que nos legou. O inglês, por outro lado, é a língua franca da economia moderna. Se quisermos que o século 21 não nos passe ao lado, temos que investir seriamente na ciência, na tecnologia e, acima de tudo, na língua pela qual os livros e os computadores estão codificados.

Mesmo na esfera política, se quisermos que a comunidade internacional nos comece a levar a sério, temos que falar a língua da comunidade internacional. Até o primeiro-ministro português, quando está em missões diplomáticas, fala em inglês. Quem somos nós para defendermos a língua deles?

Tenho dito, muito obrigado.

À semelhança da intervenção anterior, não dava para perceber a que bancada o orador pertencia. Havia sinais de apoio e de indiferença em todos os cantos da Assembleia.

Houve subsequentemente várias outras intervenções. O Presidente da Assembleia da República, que era aliado do Presidente da República, colega e amigo desde os tempos dos estudos de licenciatura na África do Sul, e depois os estudos de pós-graduação na Inglaterra, reservou para si a última intervenção antes da votação.

Senhores deputados da Assembleia da República de Moçambique, Excelências
Caros convidados,
Moçambicanas e moçambicanos,

Pelas intervenções que me antecederam já devem ter compreendido que não se trata de um debate ordinário. Moçambique, representado aqui por duzentos e cinquenta patriotas, discute, provavelmente, o seu mais importante projeto legislativo desde a aprovação da Constituição da República de 1990. E porque as opções não podiam ser mais claras, permitam-me partilhar o meu ponto de vista patriótico, a visão de um líder que herdou uma nação da geração de ouro da nossa história e que se sente com a obrigação moral e patriótica de transferir aos seus filhos e netos uma nação preparada para vencer os desafios deste e dos séculos que se avizinham.

Contrariamente ao que alguns tentam fazer passar, o inglês não é uma língua estranha ao nosso país. Desde os tempos da Linha da Frente, do exílio na Tanzânia e na Zâmbia, nas relações das nossas famílias que atravessam as fronteiras do Zimbábue, do Malawi, da Suazilândia, da África do Sul, o inglês faz parte de nós. Foi um instrumento de luta contra o colonialismo português e une a família da África Austral que foi dividida pelas linhas da agressão colonial europeia.

Hoje, o inglês é a língua oficial de cinquenta e quatro países do mundo, e quarenta e quatro outros países e territórios usam-no como língua primária. Com o português, fazemos parte de um clube de oito países e um território. Compatriotas, os números não mentem.

Neste tipo de debate, vale sempre a pena buscar exemplos. O Ruanda passou por esta experiência, tendo sido colónia francesa. Para reforçar a integração regional com o Uganda, o Quénia e a Tanzânia, escolheu o inglês, e hoje é uma das nações mais respeitadas de África.

Caros compatriotas, Portugal deve continuar a ser nosso amigo, mas nós também somos amigos da China e não falamos ou pretendemos falar mandarim como língua oficial do nosso país. E para quem ignora, quero aqui afirmar categoricamente e em bom som que o português precisa de Moçambique, mas o inglês não precisa de Moçambique, Moçambique é que precisa do inglês.

Para terminar, permitam-me partilhar uma anedota pessoal. Quando estava a estudar na Inglaterra, os bolseiros de outros países africanos eram numerosos e predominantemente oriundos de zonas rurais. Escuso-me de dizer que os moçambicanos perdem inúmeras oportunidades de bolsas de estudos para as melhores universidades do mundo porque os patrocinadores simplesmente não conseguem encontrar candidatos fluentes em inglês. A outra realidade triste é que os poucos que reúnem esses requisitos tecnicamente não precisam de bolsas, de outra forma não teriam frequentado o ensino em escolas internacionais.

Caros deputados, meus pares, independentemente da cor política que representam e dos vossos interesses individuais, tenham, ao votar, em mente o que é melhor para Moçambique.

Muito obrigado.

Repetiu-se o padrão de apoio dividido na sala, mas brevemente seriam reveladas as verdadeiras cores de cada um dos deputados, particularmente dos que não tiveram o privilégio de exteriorizar os seus argumentos no plenário.

O Presidente da Assembleia anunciou a votação e, com as mãos dos deputados no ar, começou a dissipar-se o suspense que dominara a proposta de lei desde que surgira a primeira manchete de jornal, pouco depois da tomada de posse do novo governo.

Os primeiros a serem chamados a declarar o voto foram os indecisos. Era o voto dos cobardes, mas naquele dia muitos deputados não pareciam importar-se com o epíteto. Era possível ver várias mãos no ar, incluindo as dos três deputados que no início da sessão tinham assegurado a Djassi que o voto contra era o voto moral e patriótico. Entretanto, Djassi, político fermentado, que sabia que o valor da promessa de um político é tão alto quanto uma moeda furada de cinquenta centavos do metical, não se admirou. Subsistia-lhe alguma esperança, porém, porque a maioria dos deputados ainda estava por votar.

Quando foram declarados os votos contra e os a favor, ninguém, à vista desarmada, podia dizer qual tinha sido o desfecho. Os protagonistas e as objetivas dos jornalistas viraram o foco para o contador eletrónico pendurado no fundo da sala. Alguns instantes depois, o aparelho resolveu o enigma.

FALTOSOS 3

ABSTENÇÕES 40

CONTRA 100

A FAVOR 107

Estava consumado. A próxima vez que os deputados se reunissem naquela sala, o inglês seria o idioma de trabalho e, por conseguinte, ainda mais deputados estariam condenados a dormir, porque não teriam muito que dizer numa língua que muitos não falavam e poucos dominavam.

Pouco depois da votação, os deputados começaram a dispersar-se. Os que julgavam ter ganho o argumento ficaram mais tempo na sala para se abraçarem, trocar impressões e, fundamentalmente, caçar entrevistas com a imprensa, de modo a que se tornassem os porta-vozes da vitória.

Djassi voltou a olhar para os números e não soube se tinha pena de si ou dos colegas que se acobardaram em abstenções ou simplesmente faltaram ao trabalho no dia mais importante das suas carreiras políticas. Aproveitou-se da distração na sala e retirou-se às pressas.

Por ser um dos primeiros a se fazer no parque de estacionamento, encontrou o motorista desprevenido. Com aparência lúgubre, sem esperar que este abrisse a porta, puxou-a sem convicção, mas, já no interior do veículo, devolveu-a ao fecho com violência. Sentou-se e ficou a olhar para o edifício da Assembleia da República como se tivesse a visão de um cemitério. Quando o motorista se ajeitou no lugar do condutor à espera de orientações sobre o destino, Djassi sinalizou que iam para casa. Pediu a seguir que ligasse o rádio. Não obstante a derrota, ainda tinha interesse em ouvir o que dizia a opinião pública.

O locutor anunciava que estava na companhia de um painel de especialistas que iriam analisar a aprovação da Lei do Renascimento Moçambicano.

— É muito triste que os deputados, particularmente o Presidente da Assembleia, tenham ganho o argumento com falsidades e afirmações contraditórias. Mondlane e Machel devem estar a contorcer-se nos seus túmulos ao verem estes filhos das elites moçambicanas educadas no estrangeiro a instrumentalizarem o país para perpetuarem a sua dominação. Tenho setenta e dois anos, mas o que vi hoje dá-me vontade de chorar — comentou um dos convidados.

Djassi concordou calado com o velhote. Conhecia-o da televisão e da rádio, para onde era geralmente chamado para comentar temas da atualidade política. Sempre achou que tivesse posições inteligentes e equilibradas. Enquanto ainda digeria o comentário do velho analista, o moderador deu espaço a um outro convidado.

— O bom senso prevaleceu hoje nos debates. Não se tratava de discutir se o inglês é ou não melhor que o português. Ambas são línguas coloniais. Mas sim de decidir o que é melhor para o nosso país. Como o próprio nome da lei sugere, esta é uma oportunidade de catalisarmos o desenvolvimento de Moçambique, tirando partido das alianças regionais na SADC, mas fundamentalmente de expandirmos a nossa capacidade de participarmos no debate internacional de tu para tu, sem auxílio de intérpretes.

O moderador convidou para intervir uma senhora que também não era estranha aos meandros dos comentários para a imprensa.

— Nós estamos aqui a ter um falso debate ao discutirmos se preferimos Camões ou Shakespeare, ou se nos serve melhor o colonizador A ou B...

Antes que ela terminasse o raciocínio, um outro convidado, sem esperar o arbítrio do moderador, interrompeu.

— Não é bem assim. Quanto ao português, não tivemos escolha. Ora, a língua que usamos agora depende inteiramente de nós. E mesmo pegando na tua lógica, entre Portugal e, por exemplo, Inglaterra, se tu perguntares às pessoas quem escolheriam para colonizador, os mais sensatos dirão ninguém, mas os mais realistas dirão Inglaterra. Em cada cem moçambicanos talvez só encontres cinco que tivessem preferido Portugal como o colono.

Para devolver ordem ao debate, o moderador interveio convidando a comentadora anterior a terminar o seu raciocínio. A senhora demorou alguns segundos para voltar a falar, enquanto refletia se o analista que a interrompeu a tratara por tu por a considerar amiga ou por ser mulher. Estava disposta a dar-lhe o benefício da dúvida, porque, no mínimo durante aqueles sessenta minutos de debate radiofónico, eram colegas, mas depois ocorreu-lhe que isso não era razão bastante para a ter interrompido da forma como fizera. Decidiu, então, enfrentar-lhe, fazendo o seu argumento diretamente para a cara dele.

— Portanto, como dizia há pouco, este é um falso debate. Ao invés de discutirmos qual das línguas estrangeiras é melhor para nós, devíamos nos perguntar por que continuamos a desprezar as nossas línguas nacionais estes anos todos depois da independência. Quem diz que não é possível fazer ciência em macua, programar computadores em changana? Não me venham agora falar de unidade nacional, porque o inglês não vai unir coisíssima nenhuma. Vai, sim, é marginalizar os mais fracos, os que agora têm dificuldades de participar na vida socioeconómica do país porque não são fluentes em português. O Presidente da Assembleia da República falou do Ruanda, diga-se de passagem, que tem um contexto suis generis, como lhe conveio, mostrando somente uma face da moeda. A verdade é que, com a adoção do inglês, aumenta a exclusão social na educação, no mercado do emprego e noutras facetas da vida das pessoas. Que fique claro, isto não é um debate filosófico. Vai mexer de forma estrutural com este país.

O comentário parece ter ferido o comentador indisciplinado. Rasgando mais uma página do seu livro de regras, ele começou a levantar a voz para estrangular qualquer competição na vez de falar.

— É caricato que alguns colegas do painel se queiram fazer de mais inteligentes que outros. Fingir que debatemos a relevância das línguas nacionais não passa de masturbação mental.

Houve um momento de silêncio sepulcral. Se calhar o rádio perdera sinal, mas muito provavelmente tivesse havido choque pela escolha de léxico do comentador. Deve ter sido mesmo a última opção, porque, logo a seguir, deixou ficar um pedido de desculpas insincero.

— Relevem-me a expressão, mas é isso mesmo. O debate que a minha colega do painel sugere é obtuso e uma autêntica perda de tempo. Todas as colónias adotaram línguas coloniais. Uns português, outros inglês, francês, por aí em diante. O que estamos a dizer neste debate é que a língua que adotamos não nos está a ajudar. E quando olhamos à volta, notamos que as ex-colónias inglesas estão mais avançadas. Pode ser da língua, mas também pode ser de todo um complexo histórico que herdaram. Como não nos serve agora experimentar ser colónia inglesa, vamos pelo menos experimentar a língua deles e depois veremos.

Em uníssono, todos os comentadores, incluindo o moderador, começaram a rir. As gargalhadas, que estremeciam os altifalantes do carro, soavam a chacota. Djassi, no assento de trás, irritado com tudo o que estava a ouvir, principalmente porque o debate já era extemporâneo, já estava tudo decidido e ele tinha sido incapaz de influenciar um desfecho que ainda acreditava ter o supremo interesse da nação no seu cerne, instruiu o motorista a desligar o aparelho sonoro e diminuir a temperatura do ar condicionado.

Adormeceu no carro e o que começou como um refúgio à realidade do fracasso no Parlamento rapidamente se converteu num pesadelo. *O governo havia designado espaços de tolerância onde ainda se podia falar português ou qualquer outro idioma local. A emigração era voluntária, mas, para acelerar o processo de tomada de decisão, estava à disposição dos interessados transporte gratuito e uma intensa campanha de "aconselhamento" nas televisões, nas rádios, nos locais de culto religioso que receberam um fundo de mobilização e moratória de três meses para passar a mensagem em português. A polícia tinha também sido solicitada a colaborar com a campanha de educação cívica, fazendo rusgas em bairros de alta incidência de analfabetismo. Quando, entretanto, as buscas atingiram a cidade cimento, Djassi fugiu com a família para a África do Sul. Não conseguiu asilo político porque o governo local não queria irritar Maputo, mas fruto da boa vontade de um conhecido conseguiu um local para se abrigar até que tempos mais calmos voltassem à Pérola do Índico.*

Porque era imperioso colocar comida na mesa, ele e a Paloma arranjaram os empregos possíveis dadas as circunstâncias. Do seu guarda-roupa de deputado, no novo emprego, só lhe serviu uma calça preta, uma camisa branca e um lacinho. A esposa, que conseguira um trabalho que Djassi fazia a questão de não conhecer o título ou detalhes a si associados, tinha tido mais sorte fazendo uso pleno do seu extenso indumentário de ex-secretária executiva num passado recente que já parecia muito distante.

Cebola estacionou o carro na entrada do prédio do chefe e cumpriu uma das missões mais comuns e delicadas da sua profissão: esperar sem se irritar. Meia hora depois, Djassi despertou subitamente, forçado pela vibração do seu telemóvel, mas, pela cara que Cebola pôde observar do retrovisor, o deputado estava aliviado por ter voltado ao mundo real.

Já em casa, cumprimentou o Kevin, que jogava videojogos na sala de estar. Aproveitando a distração do miúdo, trancou-se no quarto, porque, naquele momento, isolamento e abstração era tudo quanto podia pedir a Deus.

Não tardou que fosse a vez de a esposa voltar também ao terceiro direito. Paloma chegou do trabalho com muita fome, mas, antes de comer algo, fez uma ronda pelo apartamento inspecionando se o empregado dera conta do recado. Passou a mão por cima da geleira, local onde sempre ficavam os trocos das compras diárias. A mão voltou sem nada, mas com marcas de pó. O estômago da Paloma embrulhou-se ainda mais.

— O coitado do Hohlo não só não fez limpeza, como ainda teve a ousadia de roubar-me. Se ele ainda quiser trabalhar na minha casa, vai dizer-me o que passou o dia todo a fazer e onde é que está o meu dinheiro — disse, a caminhar para o quarto para se mudar.

No aposento, encontrou Djassi sentado na cama com a luz apagada. Não havia dúvidas de que o seu homem não estava bem. Tinha visto a intervenção dele na Assembleia da República pela TV do escritório e sabia que ele tinha perdido o argumento. Mas ele não era o único, muitos do partido tinham defendido a mesma ideia sem sucesso. Não percebia o problema, porque no fim de tudo tinha ganho a posição do governo, e o partido de Djassi apoiava o governo. Afinal de contas, o que se estava a passar?

— Amor, estás amuado. Já sei que a sessão na Assembleia não correu bem, mas acho que não te devias preocupar. Não foste o único do partido que publicamente se posicionou contra a proposta do governo.

— Não, amor, não é isso que me inquieta. É que hoje mesmo recebi um telefonema da Embaixada de Portugal dizendo que o nosso pedido de bolsa de estudos para o Castigo foi deferido — Djassi ofereceu a explicação sem, no entanto, levantar a cabeça.

— Isto é para celebrar. Não é para ficar triste — disse a esposa, visivelmente contente. — Hum, já sei. Estás com medo de deixar o passarinho voar sozinho. Djassi, Quest já é um homenzinho. Ele precisa deste desafio, senão nunca mais cresce — Paloma, com condescendência, acrescentou.

— Não estás a perceber, amor — Djassi, já de cabeça erguida, disse. — Com esta lei que aprovámos hoje, estudar em Portugal é apostar no passado. Não lhe vai servir de nada no Moçambique do amanhã. Esse Moçambique literalmente começa amanhã de manhã — Djassi acrescentou com tom levantado. O que começara como uma conversa quase romântica resvalou para uma briga de casal. Cada um parecia levantar a voz mais do que o outro.

— Deixa o meu filho ir a Portugal. Eu conheço muitas pessoas que estudaram na Rússia, no Vietname e agora estão de volta ao país e têm bons empregos. A língua do país onde a pessoa estuda não é nada, mas estudar no estrangeiro, aqui em Moçambique, é ouro.

Sem resposta imediata, Paloma reforçou o seu argumento:

— No mínimo, Quest terá emprego numa empresa portuguesa. Quem pensas que tem posições proeminentes em empresas portuguesas aqui em Moçambique?

Agora ela não esperava qualquer resposta do marido, porque a pergunta era retórica. Continuou o seu discurso como que a dizer "é assim que se faz. Eu no teu lugar teria ganho o argumento no Parlamento".

— São portugueses ou moçambicanos que estudaram em Portugal. O mesmo acontece com os americanos, chineses, indianos. Isso não vai mudar porque Moçambique mandou passear a língua portuguesa. Pelo contrário, os tugas vão proteger os seus interesses, e isso inclui dar abrigo aos que entendem a sua língua e cultura.

Depois de se certificar que o monólogo tinha chegado ao fim, o marido contra-argumentou:

— Paloma, escuta — tentou fazer-se ouvir. — Ao aceitarmos esta bolsa, estamos a prejudicar uma outra pessoa, que realmente tirará partido desta oportunidade. Nós temos capacidade de encontrar outra bolsa para o nosso filho num país de expressão inglesa.

Paloma não se deixou convencer.

— Por que não encontramos até hoje? Quest anda como um marginal já faz oito meses e agora me vens dizer que consegues bolsas quando e onde quiseres? Por favor, manda o miúdo para Portugal. Depois, quando conseguires a tua bolsa de Oxford ou Harvard, faremos a transferência.

Sem qualquer margem para consenso, Djassi saiu do quarto abruptamente, pegou nas chaves do carro e decidiu ir apanhar ar. Foi muito devagar, sem destino aparente, mas, quando deu pelos seus sentidos, estava na Avenida Friedrich Engels, com vista privilegiada para a baía de Maputo. Desligou o motor do carro e teve uma enorme explosão de emoção. Apesar de todo o esforço, não conseguia impedir que se lhe caíssem lágrimas. Sem se importar se passava alguém, baixou o vidro e gritou para o silêncio da noite:

— De que serve a política se um individuo não pode ajudar a própria família?

Capítulo III. A Avaliação

A prova de português era no segundo tempo. Hohlo preferiu não assistir à primeira aula para aproveitar cada segundo antes do teste. Os quarenta e cinco minutos que ganhara com a gazeta fariam mesmo muita diferença, porque depois de Quest lhe ter interrompido a preparação, o dever dos afazeres domésticos voltou a chamar por si.

Quando faltavam dez minutos para o início da prova, preferiu posicionar-se perto da sala de aulas, para se instalar na sua carteira assim que saísse o professor de geografia. Não foi preciso tanto, porque havia muitos colegas no corredor a conversar. Era sinal inequívoco de que não houvera aulas.

Para se abrigar de qualquer distração a escassos minutos da avaliação, entrou na sala de aulas, mas também o ambiente não era de muito silêncio. Havia pequenos grupos em cavaqueira, cada um com uma dinâmica peculiar. O que lhe despertou curiosidade, porém, foi o que estava encostado num canto da sala. Os membros deste grupo estavam curvados para um enigma escondido no centro. Aproximou-se do grupo misterioso e logo entendeu por que estavam todos juntos com ar religioso: alguém tinha comprado o enunciado da avaliação de português que a professora aplicara no curso diurno e, como habitualmente, havia esperanças de que fosse o mesmo.

Hohlo espreitou as perguntas e sentiu-se confiante de que estava preparado, mas, quando alguém virou o papel, uma das perguntas do verso fez o seu coração palpitar com batimentos bruscos. Não se recordava nunca de ter estudado quem eram Lília Momplé, Areosa Pena e Ungulani Ba Ka Khosa, quanto mais esperar que ele cruzasse corretamente os livros *O cronista*, *Ninguém matou Suhura* e *Ualalapi*. Decidiu pedir ajuda, mas ninguém se voluntariou.

— Essa cena não vem no livro de português. A professora deve estar a atingir a menopausa — um colega protestou.

Todos puseram-se a rir, mas a algazarra parou quando, de repente, houve um movimento brusco de alunos a entrarem na sala. A professora estava, seguramente, a vir. Os fraudadores esconderam a evidência do crime e, rapidamente, puseram-se também nos seus lugares.

A professora entrou a seguir e não se sentou na secretária. Estava com o semblante muito sério. Hohlo começou a desconfiar que ela se tivesse apercebido de que a prova já circulava e tinha decidido elaborar uma ainda mais complicada. Entretanto, a professora finalmente rompeu o silêncio.

— Hoje aconteceu uma tragédia!

Para Hohlo estava confirmado. A professora tinha tomado conhecimento do vazamento da prova e estava para comunicar o seu adiamento. Com aquela cara, queria também comunicar que os culpados seriam identificados e responsabilizados. Hohlo começou a rezar para que a punição não atingisse os que meramente espreitaram nas perguntas quando a professora continuou a sua intervenção.

— O Parlamento decidiu hoje que todo este tempo andamos a estudar a disciplina errada. Sinto muito, mas não vos vou fazer perder tempo. A língua portuguesa já não é importante em Moçambique. A partir de amanhã se fala inglês. Vocês devem canalizar a energia que trouxeram até aqui às minhas aulas para as aulas de inglês. Para vos ser franca, neste momento, nem estou muito preocupada convosco. Ninguém preparou os professores para nada e não sei se amanhã ainda tenho emprego. O professor de matemática, se souber um bocadinho de inglês, ainda vos pode ensinar matemática em inglês. E eu? Acham que vou lecionar português em inglês?

A emoção tomou conta da professora, que começou a chorar copiosamente. Ninguém estava a perceber o que se estava a passar. Do seu longo discurso, Hohlo havia captado a palavra "Parlamento" e ficou revoltado com Quest. Se não lhe tivesse mandado desligar o televisor, ele poderia agora decifrar a mensagem para a turma. Agora entendia por que o patrão Djassi o tinha encorajado a ver a sessão da Assembleia da República. Não era porque o patrão houvesse de falar, mas sim porque haveria uma mensagem especial para o empregado. Se calhar o convite era uma mensagem codificada. O patrão devia estar a dizer "jovem, não te precisas maçar com a preparação da prova de português, não haverá nada", só que ele tinha tido a mente fraca para entender.

Havia mais duas aulas, mas muitos estudantes já estavam convencidos de que não valia a pena esperar. Quando tocou o sino para o terceiro tempo, só estava na sala um punhado de alunos. O professor de história chateou-se pela falta de audiência. Quis saber o que se passava com o resto da turma. Quatro ou cinco alunos, em simultâneo, deram respostas diversas. No meio da cacofonia, o professor pediu que falasse um de cada vez.

— A professora de português disse que hoje não haverá aulas — disse um voluntário.

— Eu não tenho essa informação — disse o professor, perplexo.

— Não, senhor professor — Hohlo sentiu-se na obrigação de proteger a professora que ensinava a sua disciplina favorita. — Os do Parlamento é que disseram.

— Parlamento? Parlamento! O que vocês sabem de Parlamento? — disse, irritado, o professor. — Como vocês querem ser espertos, tirem agora uma folha de caderno e vão deixar as vossas pastas junto ao quadro.

— Chiiii, stôr! — a turma gritou em uníssono.

— Isto não é justo. Ninguém está preparado para fazer teste. Este castigo vai ser para quem está aqui e não para quem faltou — uma aluna defendeu o protesto da turma.

— Não se preocupem com os que não estão. Cada qual sabe como nasceu. Se vos serve de conforto, saibam que quem não está tem zero — disse o professor para repor a ordem na sala.

Estando claro que o professor não vergava, os alunos obedeceram, e começou a avaliação surpresa. Hohlo, com os seus botões, pensava: *Então, eu preparei-me para a prova errada. Se tivesse obedecido às orientações do patrão Djassi, teria era estudado história.*

O teste tinha, no entanto, sido muito simples. O objetivo do professor era mesmo punir os faltosos. Houve até momentos em que ofereceu respostas para as perguntas que ele próprio julgava difíceis. Todavia, quando terminou a aula, com medo de uma surpresa igual, os alunos concordaram em não esperar pelo professor de matemática.

Com a oportunidade de chegar relativamente cedo a casa, Hohlo decidiu fazer-se à paragem. Não esperava uma grande enchente àquela hora. Já próximo, viu que a paragem estava completamente deserta e achou estranho. Abrandou o passo, com medo de se expor a um perigo. Quando já estava determinado a parar e talvez inverter a marcha, sabe-se lá para onde, viu do outro lado da rua uma pequena concentração de pessoas. Algo deu-lhe o conforto de que podia confiar nelas para se informar sobre o mistério da paragem.

Já no local, o cenário era autoexplicativo. Estavam todos à espera de uma comunicação do Presidente da República. Pelo comentário do apresentador de televisão, o discurso era muito antecipado e seria sobre a decisão do Parlamento. A palavra "Parlamento" cativou a atenção de Hohlo, que decidiu também ficar para ouvir. Ficou igualmente claro para si que, ainda que tivesse gostos diferentes, não tinha como ir para a casa antes daquela antecipada comunicação do presidente, porque motoristas, cobradores e outros passageiros não mostravam sinais de arredar pé antes da comunicação "do mais alto magistrado da nação".

No interlúdio, não faltaram teorias sobre a natureza da intervenção do presidente.

— Dizem que chapa vai subir! — alguém gritou.

Muitas pessoas começaram a oferecer as suas reações em simultâneo, e não dava para perceber nada, com a exceção de que era capaz de deflagrar uma manifestação ali mesmo.

— Vocês pensam mesmo que o presidente é burro? Para dar más notícias mandam um chefezinho de departamento qualquer, não o presidente.

Um senhor aproveitou a brecha criada pelo desinteresse que a discussão do assunto da subida de preços de transporte público teve depois de quase cinco minutos de argumentos e contra-argumentos prenhes de emoção. Ninguém pareceu dar coro ao comentário, e uma outra pessoa disparou a sua teoria, para a alegria da plebe.

— Eu não sei por que as pessoas estão a inventar coisas. O jornalista disse que o presidente vai falar sobre os problemas do Parlamento. Eu ainda me recordo muito bem que o presidente disse, na campanha eleitoral, que ia endireitar tudo. Acho que quer anunciar que vai diminuir o salário dos deputados.

Depois de muitas gargalhadas, uma senhora acrescentou:

— Se o senhor pensa que as poupanças irão para o povo, está enganado. Na campanha, o presidente disse querer criar uma sociedade de meritocracia. Como no Parlamento não se faz nada, o dinheiro só pode ser para melhorar o salário dele mesmo e dos seus ministros, que, segundo algumas fofocas, recebem menos do que muitos PCAS.

Ainda enquanto muitos processavam o português difícil da intervenção da senhora, o foco voltou para o pequeno ecrã de bar. Tocaram as seis enfadonhas estrofes da *Pátria amada* e, com ar sisudo, apareceu o presidente, não deixando assim qualquer sombra de dúvidas sobre a solenidade do momento.

Daí em diante, tudo pareceu surreal. A partir da sede da Ponta Vermelha, o Presidente da República falou em inglês, e a televisão, que aparentemente recebera o discurso com antecedência, legendou em rodapé a tradução do texto. No fim do discurso, podia-se ler na tela: "Parabéns, meu povo, por escolher o futuro. A década do Renascimento Moçambicano começou hoje".

Muitas pessoas na audiência do quiosque da paragem de chapas não tinham conseguido acompanhar o discurso oral nem tão-pouco o escrito, que ia muito rápido para as suas habilidades de leitura, mas ninguém teve dúvidas de que o presidente fizera um anúncio importante. O inglês era a nova língua oficial do país.

Alguém rompeu o silêncio.

— Este presidente está decidido! Agora é que Moçambique se vai desenvolver — disse com muita esperança.

— Mozambique, não Moçambique! — corrigiu outra pessoa da audiência.

No chapa não se falava de outra coisa. Todos tinham uma opinião forte sobre o assunto e queriam exteriorizá-la. O motorista, usando da autoridade que a posição lhe conferia, desligou a música, que até então competia por espaço com os analistas populares para se fazer ouvir:

— Moçambicano é matreco! — Parou para se certificar de que conseguira abafar outros interlocutores. — Vocês não se aperceberam de que esta lei é para beneficiar o próprio presidente? — acrescentou e voltou a pausar. Quando se apercebeu de que os passageiros estavam ávidos de saber como a lei beneficiava pessoalmente o presidente, o motorista continuou: — Vocês nunca notaram que o presidente fala português com sotaque de estrangeiro? Parece um branco. Quando fala inglês, também parece branco. Irmãos, o que ele está a fazer é inverter os papéis. Agora nós é que nos sentiremos estrangeiros na nossa própria terra.

Houve, certamente, alguns que começaram a ver os méritos do argumento do motorista, mas tantos outros tinham também opiniões próprias.

— Dizem que o presidente é de Inhambane, mas este papá tem razão. Quando ele fala não parece de Inhambane, nem parece chingondo. Parece um bóer — disse uma senhora convertida.

— Moçambique não se desenvolve por causa de pessoas como vocês. O presidente nunca escondeu que estudou no estrangeiro. As pessoas votaram nele por causa disso. Para ele fazer aqui no nosso país aquilo que ele viu lá fora — disse uma outra senhora, não convencida com o discurso do motorista.

Hohlo manteve-se em silêncio durante o percurso todo. Estava interessado em ouvir as perspectivas de outros passageiros, mas também passou grande parte do tempo a ruminar se ele próprio não era culpado por tudo quanto estava a acontecer. Questionava-se se tinha sido boa ideia inspirar-se no patrão Djassi, lutando para falar português sem os dentes tocarem na língua, ou se, caso tivesse tido a sabedoria de quem olha para a vida em retrospectiva, quando se mudou para Maputo, teria escolhido um ídolo mais visionário e talvez agora, ao invés de se lastimar, estaria a preparar lições de inglês para ajudar a professora de português a manter o seu emprego.

Chegado a casa, atirou a pasta de costas sobre a cama e, de repente, se sentiu desorientado. Já não lhe pareciam evidentes as razões por que queria logo chegar. Na incerteza, e resignado ao cansaço de um dia repleto de surpresas, usando os próprios pés, retirou os seus sapatos, aliviou dois botões da camisa e tirou-a pela cabeça, como se de uma camisete se tratasse. As calças e a camisa fizeram companhia aos sapatos no chão. A seguir, desprendeu a rede mosquiteira, enfiou as suas pontas por baixo do colchão e deitou-se, derrotado.

O quarto parecia demasiado quente. Afastou, primeiro, o cobertor e, a seguir, o lençol, mas não conseguia encontrar conforto para dormir. Recordou-se de que não comera nada desde que saíra do trabalho. A fome devia estar por trás da sua incapacidade de apanhar sono, mas não lhe apetecia comer. A falta de banho podia também ser um fator. Consciente de que não se tinha lavado desde que saíra de manhã por causa da incompetência da Saquina, saiu da cama e, com dois dedos, tentou abanar uma vasilha de água que, entretanto, se manteve tesa no chão. Havia água. Como sentia muito calor, não deixou que a missão de acender carvão para a aquecer o desmotivasse de tomar banho.

Usando a única janela da sua casa, espreitou para o lado da casa de banho. Não havia sinal de luz e, portanto, nenhum vizinho devia lá estar. Com um depósito numa mão e um balde preto que continha sabão e uma pedra para esfregar os pés noutra, caminhou em direção à sentina.

Afinal de contas, a lâmpada da retrete tinha fundido, e Hohlo teve que se contentar com a luz da lua, bem à maneira de Ndindiza. O chão de areia estava ensopado. O nível de água suja era superior às margens dos seus chinelos. Aquela situação nada higiénica o irritava, mas ele era impotente perante a realidade de uma casa de banho minúscula que servia as sete famílias do condomínio de quartos arrendados.

Ajeitou-se no bloco que deveria receber o balde de água e, com acrobacia, lavou-se e saiu da casa de banho sem pisar qualquer charco. Usou da mesma habilidade para atravessar o chão de areia até ao seu quartinho sem manchar os pés húmidos.

De volta ao quarto, reencontrou o seu sentido de propósito. Revolveu a caixa onde guardava livros, cadernos, provas e outros documentos da escola à procura de material relacionado com a disciplina de inglês. Folheou o caderno e depois as provas e concluiu que Mozambique haveria de ser um país muito difícil para si.

Atravessou-lhe um pensamento de preocupação em relação à sua terra natal. *Será que o povo de Ndindiza tinha visto as deliberações do Parlamento? Era pouco provável. Será que tinham visto o Presidente da República falar? Talvez.*

Pôs-se a pensar na mãe. Se ele, o filho, já habituado à vida da cidade, tinha muito medo do futuro, não imaginava o sofrimento por que ela passaria se fosse obrigada a aprender uma nova língua aos cinquenta e cinco anos.

Recordou-se depois que a professora de português dissera que somente o português é que tinha sido eliminado. Sua mãe só falava changana. O pouco português que aprendera no tempo colonial tinha desaprendido assim que os portugueses se foram embora. A velha parecia boas décadas mais avançada que o Presidente da República.

Resolvido o assunto da família, o outro nome de Ndindiza que lhe veio à mente foi o do lojista Mariquel. *Será que o dono da mercearia passaria a atender os seus clientes em inglês?* Não excluía essa hipótese, porque Mariquel nunca tinha aprendido português, mas, tendo trabalhado durante toda a sua juventude nas minas da África do Sul, exibia algumas palavras em inglês. Agora, com a licença de Maputo, seria capaz de compor frases inteiras em inglês.

Finalmente pensou no resto da povoação. Quase ninguém falava português, e não seria espantoso que não guardassem quaisquer saudades por uma língua que nunca entenderam e talvez sempre desdenhassem. Na zona, as pessoas sempre se sentiram mais próximas da África do Sul e eram capazes de celebrar a decisão.

Com o relativo conforto de que Ndindiza estava insulado das decisões de Maputo, apeteceu-lhe comer. Abriu a panelinha de caril. Saquina havia preparado uma feijoada com as várias sobras de carnes que ele trouxera do trabalho no dia anterior. Ela era mesmo desajeitada. Cada tipo de carne dava para um dia de refeição, mas ela foi por um cocktail. Hohlo meteu um dedo na panela, a comida estava fria e coagulada. Fechou-a, porque não estava com planos de fazer lume para esquentar a comida. Entretanto, lambeu o dedo que tinha mergulhado e mudou de ideia. A comida estava apetitosa. Acompanhado com xima, que estava numa outra panela, gulosamente comeu sem se dar ao trabalho de mexer num prato ou talheres. Saquina era maluca, mas sabia cozinhar!

Capítulo IV.
O RENASCIMENTO MOÇAMBICANO

Precavendo-se de eventuais manifestações contra a aprovação da lei, Maputo acordou com forte presença policial. Muitos comerciantes, receando situações de vandalismo, não abriram as suas lojas. Pairava muita incerteza, mas pessoas como Hohlo não se podiam dar ao luxo de faltar ao trabalho.

Havia falta de chapas, mas como também houvesse falta de passageiros, Hohlo esteve pontualmente às seis horas na casa dos patrões. A porta, porém, só foi aberta às seis e trinta pelo próprio patrão Djassi. Estava com a cara de quem tinha passado a noite em branco. Hohlo, corretamente, adivinhou que o patrão não tivesse qualquer plano de sair para o trabalho naquele dia.

Antes mesmo de o empregado se instalar, Djassi deu-lhe uma nota de quinhentos meticais e mandou-lhe comprar dois jornais, o Notícias e o Nação Ardente. Retirando-se para a sala de estar, sua clausura preferida, disse-lhe que receberia outras orientações da patroa.

Hohlo deixou a sua mochila na varanda, passou pela cozinha para levar a sacola de pão e pôs-se à rua com sentido de urgência. Como habitual, comprou dois pães de forma na padaria do prédio, mas, quando se dirigiu ao supermercado dos libaneses para comprar leite fresco, ovos, salsa e cebola, estava tudo fechado. Sem sucesso em lojas alternativas, que também estavam encerradas, optou por caminhar até ao mercado Janet.

As bancas no interior do mercado estavam desertas. Sobrou-lhe a opção de fazer algo que a patroa desaprovava, mas aplaudia as poupanças resultantes. Dirigiu-se às senhoras que vendiam legumes no chão, do lado de fora do mercado. Tirou uma nota de cem meticais para pagar, mas a vendedeira recusou-se a receber com um simples abanão da cabeça. Desconfiado de que tivesse a ver com a incapacidade de a senhora lhe dar trocos, tirou a menor nota que tinha, resultado da compra de pão. Ainda assim, a senhora recusou-se.

— Você és maluco?! — a vendedeira desafiou-o. Entretanto, vendo o rosto perplexo do cliente, esclareceu: — Não ouviste o que o presidente disse? Metical aqui em Moçambique já não vale. Dá dólar ou rand.

Hohlo ainda tentou chamar a senhora à razão, explicando que tinha comprado pão com sucesso usando os seus meticais. Ademais, o seu patrão era deputado e sabia das leis. Era ele mesmo que lhe tinha dado as notas de metical. Não era concebível que uma vendedeira soubesse mais do que os deputados da Assembleia da República, as mesmas pessoas que aprovaram a lei que agora a senhora invocava.

— Tudo bem então. Vai comprar salsa lá no Parlamento — a senhora disse, antes de lhe dar as costas, indicando não haver mais nada para falar. Não havia, entretanto, outras senhoras a venderem salsa naquele mercado.

Hohlo, preocupado com o tempo, fez inversão de marcha e foi pelas estradas com semáforos para ver se encontrava uns ardinas para comprar os jornais do patrão.

De volta ao terceiro andar direito, Hohlo sentiu-se, primeiro, na obrigação de se explicar junto da senhora porque não conseguira comprar quase nada do que ela mandara. Mas como a Paloma se encontrasse no banho, foi à sala de estar ter com o patrão que, como habitualmente, via noticiários. Entregou-lhe os jornais e decidiu contar o episódio com a vendedeira do Janet. Djassi irritou-se logo com o que ouviu.

— O metical é moçambicano, não tem nada a ver com Portugal. É, na verdade, a negação do escudo português. — Pausou e pareceu estar a ter dificuldades de respirar, mas continuou: — Tem que haver educação cívica das pessoas. Não é só aprovar leis estruturantes, ou melhor, desestruturantes, e depois não dar tempo suficiente para o país se ajustar. Se estes cabrões quiserem catalisar a década do Renascimento Moçambicano devem, primeiro, educar as pessoas. Não importa se o indivíduo fala inglês ou português. Analfabeto é analfabeto!

Djassi, visivelmente perturbado, decidiu parar por aí. A mensagem que já estava a veicular não era para o empregado doméstico, devia é tê-la dito no dia anterior aos seus colegas do Parlamento. Já sozinho na sala, abriu o primeiro jornal. Era o Notícias, e a manchete era a imagem do Presidente da República com o texto por baixo, *O Renascimento Moçambicano*, em garrafais para até cego ver. Afastou o jornal e abriu o Nação Ardente. A parangona era *Os rostos da derrota*. Para enfatizarem a mensagem, os editores do jornal procuraram, nos seus arquivos, as piores fotografias de cada um dos visados. Havia três fotos, cada uma num círculo. A confirmar todos os seus receios, a foto do meio era a sua.

Voltou a pegar no Notícias. Era muito irónico que o jornal cantasse todo o tipo de hosanas à decisão de se elevar o inglês para língua oficial, mas estava escrito em português e, como se não bastasse, com muitos erros ortográficos numa língua que já praticava há séculos. Abriu depois o editorial do Nação Ardente e leu a opinião do dono do jornal, a quem conhecia relativamente bem. O título *O triunfo das elites* era muito sugestivo e parecia ir na contramão da manchete do jornal.

Um dos fundadores da nossa nação, Eduardo Mondlane, no seu livro célebre Xitlango, o filho de chefe, *partilhou connosco um ensinamento formativo da sua infância, o de que, para alcançar a liberdade, era preciso conhecer o feitiço do homem branco, e isso passava por aprender a sua língua e ler os seus livros, que escondiam o segredo da sua dominação.*

Durante a chamada Primeira República, essa interpretação foi correta na letra e no espírito. Falar bem português era sinal de instrução (e boa educação) e abria as portas para uma vida adulta digna. Para quem não nasceu depois das primeiras eleições gerais, deve saber que muitos pais e encarregados de educação interditavam os filhos e educandos de falar as nossas línguas locais (chamavam-nas dialeto), tornando na prática o português a língua materna de alguns de nós (muitos, nas cidades e principais vilas do país). De há uns tempos para cá, todavia, podemos manter a asserção de Mondlane desde que substituamos o português pelo inglês. Parece que o colono de hoje é invisível, mas não há dúvidas de que transaciona em inglês — a língua materna dos computadores, da internet, dos filmes, dos livros, das organizações internacionais, dos doadores, dos investidores, das conferências internacionais e, claro, dos empregos que pagam na moeda que resiste à crise por que passa a maioria dos moçambicanos.

Neste tipo de realidade, triunfam os que geralmente cedo se apercebem da tendência e com audácia e um pouco de sorte apostam no futuro. Nos primeiros anos da nossa independência, a balança pendeu a favor dos descendentes dos colonos, dos assimilados e das famílias das novas elites consagradas com a vitória sobre o colonialismo. E como sucesso reproduz sucesso, não devia surpreender ninguém que sejam as mesmas elites a tirar partido do advento do inglês como a nova língua franca de Moçambique.

Direção Editorial

Farto de ler e ver notícias sobre o lançamento da década do Renascimento Moçambicano, Djassi pôs-se a refletir sobre os ajustes que seriam necessários na sua família no quadro do novo curso do país. Não estava nada preocupado com Kevin, porque o menino já estudava numa creche internacional com currículo Cambridge. Estava consciente de que todos os créditos iam para Paloma, que batera com os pés juntos que, primeiro, o nome do bebé fosse moderno e anglo-saxónico, porque João, Manuel, António, entre outros nomes portugueses, representavam o passado. A visionária de sua esposa também tinha insistido que o menino fosse à mesma creche em que iam os filhos de todos outros políticos. Ela sabia, das conversas com as amigas, que ninguém punha os filhos em creches comuns, eram só kindergartens. Paloma argumentava que não queria que o filho fosse ostracizado no círculo dos filhos dos colegas do pai porque não falava inglês.

Djassi recordava-se, como se fosse ontem, das palavras de Paloma: "Meninos de agora só falam inglês. Se tu perguntas o nome, eles ainda podem responder em português, mas, se a conversa se torna longa ou complexa, eles só conseguem pensar em inglês. O pouco português que falam é com sotaque de estrangeiro". Djassi odiava toda a ideia de o filho ser mais fluente numa língua estrangeira do que na própria língua dos pais, mas detestava mais a ideia de o filho vir a parecer estrangeiro na sua própria terra. Entretanto, com o curso que o país tinha escolhido, era preciso reconhecer que Paloma tinha estado certa e felizmente, por causa disso, Kevin já estava a viver o Renascimento Moçambicano.

Com Castigo era diferente. O pouco de inglês que podia, eventualmente, saber tinha aprendido como uma simples disciplina no ensino secundário e, se o desempenho dele noutras disciplinas pudesse ser usado como bitola para medir a sua proficiência no inglês, então era justo admitir que não devia saber quase nada.

Convicto de que mandar o filho para Portugal era imprudente, fez uma busca mental sobre como, em pouco tempo, conseguiria uma bolsa para um país anglófono. Estava consciente de que a demanda por esse tipo de bolsas, dadas as circunstâncias, seria exponencial. Entretanto, o espectro de ver Castigo entrar numa depressão completa e com medo de tudo o que estava a acontecer era demais para contemplar. Estava mesmo decidido a conseguir uma bolsa de estudo, porque, contrariamente às percepções populares, não tinha poupanças ou rendimentos para enfrentar propinas e os custos de manutenção do filho no estrangeiro por, no mínimo, quatro anos.

Respirou fundo e ligou para o número do embaixador dos Estados Unidos. O telefone chamou três vezes e parou abruptamente. Não lhe pareceu que a linha tivesse caído. Havia sinais de rejeição da chamada. *Será que o embaixador viu o jornal de hoje e acha que estou acabado como político?*, Djassi pensou. Apesar de desconfiar da plausibilidade da sua conjetura, decidiu insistir. A chamada não terminou o primeiro toque. Indubitavelmente, era uma rejeição. Entre admitir que o embaixador não quisesse falar consigo e pensar que pudesse estar ocupado, optou pela segunda opção, porque não o desmotivava de tentar a sua sorte com outros contactos.

Ligou, a seguir, para o delegado da União Europeia. O seu coração começou a palpitar com violência no terceiro toque. Já no quinto, temendo uma nova rejeição, decidiu ele próprio cancelar a chamada. Se o diplomata europeu não tivesse planos de o rejeitar, haveria de retornar a chamada.

Procurou depois, sem sucesso, pelos números de telefone das altas-comissárias da Austrália e do Reino Unido. Em relação à primeira, jurava com os pés juntos que tinham trocado contactos não fazia muito tempo. A senhora tinha sido muito simpática e estava seguro de que não o ignoraria naquele momento de aflição.

Levantou-se do sofá, onde tinha estado sentado há mais de quatro horas, e foi ao quarto à busca da sua pasta, onde acreditava estar o cartão de visitas da diplomata do Pacífico. Não precisou vasculhar muito, achou o precioso cartão na primeira tentativa. O pequeno documento era exuberante e dava, seguramente, orgulho à proprietária, mas também aos privilegiados em recebê-lo. Djassi leu-o com atenção e notou que um dado estava conspicuamente ausente. O número direto para o celular da dirigente. Frustrado, atirou o cartão para o chão.

Os que dizem que "quando os dias são sombrios há poucos amigos" são mesmo sábios, Djassi pensou. Todavia, quando começou as ligações, não esperava papas feitas. Estava disposto a perseverar, mas talvez a fasquia estivesse muito alta. Fez, por conseguinte, uma sucessão de chamadas para países africanos e conseguiu abertura para falar pessoalmente com os altos-comissários do Quénia e da Serra Leoa. Não aceitando diferir as reuniões para datas incertas, preparou-se rápido e foi ter com os irmãos africanos.

Com toda a incerteza que pairava sobre Maputo, o alto-comissário do Quénia também não tinha saído para o trabalho. Recebeu-o na residência protocolar. Não eram, particularmente, amigos. Já tinham travado contacto em alguns eventos de Estado, mas Djassi impressionou-se com a receção mais do que calorosa que o diplomata lhe concedeu.

Conversaram sobre várias banalidades e beberam um pouco para além da conta. Entretanto, Djassi não perdia o mínimo de lucidez, porque queria estar alerta quando a conversa da bolsa chegasse. Não forçou a conversa para não ser indecente com tal agradável companhia, mas quando o queniano trouxe à mesa a conversa da aprovação da nova lei e se mostrou, genuinamente, de acordo com a sua posição, Djassi viu abertura para pedir socorro. Não foi preciso, porque o diplomata disse estar confiante que, se os papéis estivessem trocados, o irmão moçambicano procederia da mesma maneira.

Com as certezas oferecidas por Nairobi, tornou-se fútil o encontro com o diplomata serra-leonês. Das duas opções, Quénia era, absolutamente, o destino predileto, mas estava preocupado com a real possibilidade de Paloma menosprezar o feito. Desconfiava que, para a esposa, a justaposição fosse Portugal/Europa versus Quénia/África. Mesmo dentro do seu automóvel, ligou para a esposa.

— Amor, estou a caminho de casa e podíamos falar assim que eu chegasse, mas não consigo conter a minha emoção.

Djassi fez questão que Paloma ficasse ansiosa de ouvir a novidade.

— Amor, assim me deixas emocionada também. Diz logo!

— Sabes que o embaixador do Quénia me convidou para almoçar?

Djassi continuou com o seu suspense.

— Não, não disseste nada quando saíste.

— Desculpe, amor. Foi repentino e com toda esta confusão não te quis preocupar. Chamou-me para dizer que a notícia das deliberações da Assembleia tinha sido veiculada nas televisões quenianas. O presidente do Quénia ligou para ele a dizer que tinha gostado da minha intervenção, que chamou de patriótica. Imagina só? O presidente, ele próprio!

— Uau! Estou sem palavras. Quando se diz que santos de casa não fazem milagres, é mesmo verdade. Então, os jornais aqui só falam mal de ti, mas a imprensa internacional e mesmo presidentes doutros países reconhecem-te. Que orgulho! — Paloma quebrou a voz do outro lado da linha de tanta emoção.

— O embaixador disse que o presidente, pessoalmente, ofereceu qualquer apoio que eu quisesse.

— Qualquer?! — Paloma disse espantada. — Experimentaste saber se poderiam oferecer uma bolsa ao nosso filho?

Tendo alcançado exatamente o resultado que pretendia, para tornar toda a estória verosímil, Djassi retorquiu.

— Não, nem pensei nisso, porque o Quénia é um país pobre como o nosso. Também, não achas que estaria a abusar da boa vontade deles?

— Como abusar? Eles é que se ofereceram. Também, o Quénia que eu conheço é uma das potências de África.

Com promessas de tentar, Djassi desligou o telemóvel satisfeito e foi incapaz de evitar o pensamento de que talvez tivesse de ter sido esta a estratégia no malfadado discurso no Parlamento.

Capítulo V.
O FESTIVAL

O alvorecer da década do Renascimento Moçambicano estava, seguramente, a ser proveitoso para muitas pessoas. Para o empregado da família Costa, porém, tinha sido um dia duro. Com a patroa em casa, foi dia de limpeza geral. Ainda assim, a Dona Paloma estava visivelmente decepcionada quando Hohlo se despediu de mais um dia de trabalho. Para ela, com um empregado mais flexível, muito mais teria sido logrado.

Hohlo chegou, como sempre, à escola a horas, mas parecia que desta vez se tivesse enganado no endereço. As luzes estavam apagadas e o portão encerrado. O seu maior medo parecia estar a ganhar corpo. Era cada mais crível que a professora de português tivesse razão. Talvez não houvesse professores suficientemente fluentes em inglês para ensinar matemática, história, geografia e biologia e, por conseguinte, tivessem decidido fechar a escola. Se tudo isso fosse verdade, o que ele faria para não parar de estudar? A única escola que conhecia com todo o currículo em inglês era a do menino Kevin. Mas se para aprender português se tinha desfeito do seu orgulho de 10ª classe de Ndindiza para frequentar a 6ª de Maputo, não tinha muita certeza de que seria capaz de se inscrever na 1ª classe para se encaixar no novo Maputo. Era uma solução muito radical e desconfiava também que aquela escola não fosse para gente como ele. Nos dias em que saíra com o patrão para deixar o menino na escola, notou que muitos meninos eram brancos, e os negros desciam de carros maiores que o do patrão.

Hohlo cogitava sobre as suas possibilidades com as mãos no portão da escola. O guarda da escola, depois de o ignorar por muito tempo, decidiu tentar saber o que fazia o senhor tanto tempo no outro lado do portão. Era provável que estivesse a estudar as falhas de segurança para depois voltar com reforço. Com a sua fisga pendurada no pescoço e bastão na mão, aproximou-se do portão.

— Boa noite! — o guarda disse, quase de forma inaudível. — O senhor não sabe que não há aulas hoje? — continuou, mas já em tom ameaçador.

— Não sabia, desculpe. Mas pode dizer se amanhã haverá?

— Não sou o diretor da escola, mas se queres saber se amanhã alguém estará a guarnecer a escola, a resposta é sim. E terei uma AKM — o vigiante respondeu com sarcasmo e manteve-se no portão para sinalizar que era tempo de o intruso se pôr a andar.

Hohlo aquiesceu e começou a caminhar em direção à paragem. Cruzou-se, entretanto, com uma colega que ia no sentido contrário.

— Oi, também vinhas à escola? — Hohlo questionou com ar de alívio. Afinal de contas, não era o único estúpido que pensava que se devia ir à escola, mesmo em dias de incerteza.

— Que escola?! Toda a malta está no espetáculo na marginal — respondeu a colega em marcha lenta.

— Espetáculo hoje, quarta-feira? — Hohlo teve de gritar, porque a interlocutora já estava longe.

— Hoje é o dia do Festival do Renascimento — a colega gritou de volta.

Da breve conversa, o termo que continuou a fazer eco na sua cabeça foi "marginal". O menino Quest falava sempre da marginal. Se Hohlo não tivesse sido estúpido, é lá onde devia ter passado tempo para aprender inglês e andar com brancas estrangeiras. Não era mera coincidência que o país tivesse decidido celebrar a vitória do inglês sobre o português, ou, como o menino Quest teria dito, a vitória dos gajos com visão sobre os matrecos, na marginal.

Em quase dois anos em Maputo, Hohlo nunca tinha tido motivos para ir à praia. Esta era uma ocasião soberana para o fazer, até porque seria aborrecido chegar tão cedo a casa sem nada de relevante para o entreter. Não sabia, porém, como chegar à marginal. Inverteu a marcha e começou a seguir a colega, que já só deixava ver a sua silhueta.

Alcançou-a já na paragem e ficaram a conversar enquanto esperavam por um chapa. Assim que entraram no autocarro, havia muitos lugares livres, mas a colega preferiu sentar-se num assento para dois já parcialmente ocupado, sinalizando inequivocamente que não era companheira ou amiga de Hohlo. Dispensada a sua companhia, Hohlo continuou para o fundo e ficou com todo o banco de quatro pessoas só para si.

Há muito que não viajava só por prazer e, por isso, estava a ver a paisagem urbana de Maputo com outros olhos. O percurso tornou-se ainda mais aprazível quando entraram na Avenida Julius Nyerere. Havia mais espaços verdes e os edifícios pareciam emprestados da televisão.

A marcha tornou-se lenta quando chegaram à Avenida da Marginal. Havia muitos carros parados e tantos outros em marcha, mas o que dominou o seu interesse foi a imensidão das águas da baía e as várias dezenas de barcos de pesca que baloiçavam presos em âncoras à espera de mais um dia de faina.

Algumas centenas de metros depois, a via ficou completamente congestionada. Muitos passageiros começaram a descer para terminar o percurso a pé. Hohlo seguiu--lhes o exemplo. Assim que pôs os pés no chão, sentiu a energia positiva que vinha de todos os lados. Para algumas pessoas, o festival era mesmo ali nas bermas da estrada. Carros topo de gama cuspiam música para todos os gostos, mas o som mais alto e agradável vinha de sucatas, deixando claro onde estava a prioridade dos seus proprietários.

Prosseguiu com a caminhada e chegou a um ponto em que havia engarrafamento até para pedestres. Estava muito longe do epicentro, não conseguia ver o cantor em palco, apesar de reconhecer a música. Tinha muitos vizinhos que dela gostavam e faziam vezes nas suas aparelhagens de som durante todo o dia nos finais de semana. Preferiu, entretanto, não lutar com a multidão para se aproximar do centro de toda a diversão. Estava com receio de ser muito complicado sair de volta. Tinha no subconsciente o risco de ficar muito tarde e perder o último machimbombo para casa.

Depois de meia hora, quando já fazia as contas à vida sobre o quanto deveria andar até apanhar um chapa estúpido o suficiente para estar a levar passageiros no sentido contrário a toda atração, viu uma cara conhecida.

— Menino! Menino Quest?! — chamou, com toda a potência dos seus pulmões.

Quest reconheceu-o, mas não reciprocou. Caminhou devagar até o alcançar.

— Nada de menino aqui — indicou claramente não estar confortável com aquela forma de tratamento no meio de tanta gente.

— Desculpa, patrão — disse o empregado, envergonhado.

— Hohlo e Quest, não está bem assim? — o filho do patrão clarificou a mensagem. Era um bocado complicado, mas havia de o tutear, se essa fosse a condição de manter a sua companhia. Talvez assim desse para ficar mais tempo. Todo Maputo parecia estar no evento, mas era menos divertido para si porque não conhecia uma alma sequer.

— Sim, eu queria dizer que tinhas razão lá em casa. Todos os moçambicanos deviam ter aprendido inglês. Até os músicos, de tão contentes que estão com a nova lei, estão a cantar de borla para o povo — Hohlo finalmente expôs o seu comentário com contrição à mistura.

— Ninguém está aqui de borla. As pessoas pagam com a sua presença e demonstração de alegria. Os músicos, esses são os maiores beneficiários. Cada um é bem pago para estar aqui.

Quest parou para analisar o que estava a dizer e, tendo concordado parcialmente consigo próprio, apressou-se a clarificar:

— Bem, nem todos, nem? Para alguns basta a promessa de partilhar o palco com músicos famosos e depois um pouco de tacho e muita bebida.

Quest, pelo círculo de amigos que tinha, introduziu Hohlo ao mundo que conhecia relativamente bem.

— Sim, as pessoas encheram aqui porque estão contentes.

Hohlo, não convencido, desafiou-o:

— Não sei, não.

Quest pausou para refletir.

— Tu, por exemplo, estás aqui porque gostas da nova lei?

Hohlo estava confuso. Até o final do expediente, sabia que não gostava do novo Moçambique. Pelo menos para si, tinha sinais de que seria cruel para pessoas como ele. Mas, depois de ver toda aquela gente alegre na praia, não tinha muita certeza. Era bem possível que ele fosse muito rural ou mesmo estúpido para enxergar as oportunidades do novo mundo que se escancarava diante de todos os moçambicanos.

— Não sei, menino. Desculpa, Quest — Hohlo foi cândido com o patrãozinho.

— Tudo bem. Eu vou-te dizer por que estou aqui. Está um bom ambiente e há muita gaja boa aqui — Quest desistiu de ganhar o argumento. — Talvez queiras ir mais perto do palco. Há concursos do tipo "conte de um até dez em inglês" ou "como se diz Moçambique em inglês".

Quest sinalizou que o tempo de conversa entre ambos já estava a esgotar.

— Mas ganha-se o quê? — Hohlo perguntou, curioso.

— Cada resposta certa dá direito a uma cerveja. Talvez compreendas por que está cá muita gente.

Quest deu umas palmadas suaves nas costas do empregado e desapareceu na multidão. Sem mais nada que o prendesse ao festival, Hohlo aproveitou-se da retirada do patrãozinho para começar a longa caminhada para casa. No caminho de regresso, todavia, apercebeu-se da existência de múltiplos pequenos eventos que tinham tirado partido da concentração de pessoas para avançar as suas respectivas agendas. Havia gente a vender um pouco de tudo, a polícia de trânsito tinha montado um posto de controlo de alcoolemia mesmo ao lado de uma fila de carros em que os donos e acompanhantes bebiam cerveja, mas o que captou a sua atenção foi uma banca de venda de livros.

Como o local estivesse repleto de gente, mais do que muitas bancas de venda de comidas, imaginou que estivessem a vender livros do novo currículo já em inglês. Não estava preparado para comprar, mas aproximou-se para saciar a curiosidade sobre como seria o livro de matemática em inglês. Continuava particularmente preocupado com a professora de português. Será que os do Parlamento e o Presidente da República tinham também pensado nela? Já estava muito próximo da banca para descobrir.

— Bem-vindo ao cantinho do Senhor — a dona da banca saudou-o.

— Muito obrigado — Hohlo respondeu com vigor, motivado pela recepção calorosa da vendedeira. —

Quanto custam os novos livros da 6ª classe? — Sentindo que a janela de simpatia da senhora estava rapidamente a fechar para si em benefício de outros clientes que se aproximavam, Hohlo decidiu ir direto ao assunto.

— Com a graça de Deus, meu filho! — a vendedeira respondeu, decepcionada. — Nós estamos aqui a fazer o trabalho do Senhor. Estamos a preparar o seu rebanho para continuar a receber a palavra da salvação sem quaisquer interrupções — explicitou, mas, vendo a cara confusa do cliente, continuou: — Temos todos os livros sagrados em inglês para as pessoas do bem continuarem a adorar o Senhor. Lamento que não o possa ajudar com livros escolares.

Com o último comentário, a senhora das bíblias virou a sua atenção para o próximo cliente. Este não precisou de qualquer sermão. Passou cinco notas de mil meticais e comprou várias bíblias. Devia ser muito religioso ou um grande candongueiro.

Enquanto caminhava, Hohlo não deixou de pensar que, se a direção da sua escola tivesse a eficiência e o sentido de oportunidade do pessoal das igrejas, talvez nunca tivessem ensinado em português. Ter-se-iam antecipado aos políticos, e a sua professora de português estaria a passar noites tranquilas, porque seria agora professora de inglês.

Já bem longe do festival e dos oportunistas de ocasião, ficou evidente o cansaço que acumulara nos pés. Em vão parou para ver se vinha algum chapa, contudo, aproveitou o repouso para fazer um inventário mental dos pertences que levava consigo e decidir-se pela melhor estratégia de os proteger. Tudo o que tinha era demasiado valioso para si para perder, mas desconfiava que o seu telemóvel fosse o único objeto com mercado. Com efeito, retirou-o do bolso e espreitou as horas pela derradeira vez. Já passava da uma da madrugada, e calculava que fosse necessária mais uma hora para chegar a casa. Hibernou o aparelho com um forte aperto sobre o botão de arranque e colocou-o dentro do sapato esquerdo.

Com calma, escalou a elevação que, brevemente, atravessaria uma das partes mais nobres da cidade-cimento e, logo a seguir, uma das mais pobres. Os muros altos e os jardins de passeio bem aparados formavam um padrão peculiar naquele canto resguardado da cidade. O que sobressaía, todavia, na madrugada obscura, era o reflexo amarelo de uma chapa minúscula que ornamentava algumas cercas elétricas. Continuou a andar devagar e, assim que voltou a ver a enigmática chapa, parou para saciar a sua curiosidade. Aproximou-se da vedação e dilatou a retina para fazer senso das letras que estavam encravadas a negrito. "DANG..." Enquanto sussurrava as primeiras quatro letras, levou um valente susto imposto por um cão de guarda que não gostou da intrusão. Hohlo sentiu o sangue a fervilhar, o coração a vibrar e as pernas a entorpecerem. Depois de recuperar os sentidos, retomou a marcha, agora acompanhado por um intenso zumbido nos ouvidos.

Desconfiado do que o cão pretendia esconder, estava mais do que nunca determinado a ler a próxima chapinha, mas as oportunidades iam escasseando. Era como se o malvado canino tivesse avisado os seus pares da vizinhança para que protegessem o tesouro amarelo com garras e dentes. A coordenação dos latidos alertou alguns guardas para o perigo eminente e estes sentiram-se forçados a abandonar o conforto dos seus esconderijos para deter o intruso. Confrontado com a presença de três guardas armados, Hohlo sabia que fugir não era opção e voluntariou uma explicação.

— Não fiz nada, só estou de passagem.

— Estes cães daqui conhecem cheiro de ladrão. Dá cá a tua mochila e já veremos se estás de passagem ou de paragem.

Convicto de que a ordem o colocava em posição de se inocentar e rapidamente livrar-se daquele calvário, obedeceu prontamente. Enquanto os guardas revolviam os seus pertences escolares, Hohlo notou um brilho descorado junto ao muro de onde saíra o segurança chefe. Era a famosa chapa amarela. Tentando dissimular o sorriso que se compunha no seu rosto, abanou ligeiramente a cabeça e continuou a empreitada abortada pelo cão de guarda.

DANGER

GEVAAR

INGOZI

Hohlo voltou a ler a inscrição e agora não conseguiu mesmo travar o sorriso. Ria porque não percebia o que estava escrito e também porque lhe ocorreu que, se o cão soubesse que ele não era capaz de decifrar aquela mensagem, não se teria dado ao trabalho de criar aquele todo drama que agora custava o sono e o conforto àqueles três pobres guardas.

— De que te ris, bebé grande?

Os guardas tentaram buscar consolo no facto de que Hohlo lhes parecia alguém com a mente demasiado inocente para a sua idade e desataram eles próprios a rir.

— Nada de especial. É que notei que vocês também já estão a viver o Renascimento Moçambicano.

Os seguranças entreolharam-se perplexos e, se sobrava alguma dúvida em relação à sanidade mental do intruso, aquela intervenção não deixou quaisquer margens para debate. Devolveram-no a pasta e revezaram-se em gargalhadas sem fim.

Já na cidade de caniço e lata, Hohlo alargou o passo e preferiu o caminho mais longo pela estrada, pois era iluminado e podia ainda beneficiar-se de alguma proteção policial. Nas imediações de casa, ganhou confiança para ajeitar o telemóvel que há muito se movera, criando ardor no pé. Sem qualquer evidência de que tivesse valido a pena a maçada, devolveu-o ao bolso das calças e massajou o tornozelo, que sofrera muito com a companhia do eletrónico.

Pôs-se novamente em pé, mas não conseguiu retomar a posição de marcha. Do nada, alguém lhe apertou o pescoço por trás com violência de morte. Um outro deu-lhe golpes valentes na cara e no abdómen. Quase simultaneamente, uma terceira pessoa gritava "para, para, é o puto do condomínio!", mas os golpes continuavam noutras partes do corpo. Sem que estivesse claro se o bandido pacifista finalmente se conseguira fazer ouvir ou se Hohlo tivesse perdido os sentidos, houve, de repente, um momento de absoluto silêncio.

Quando Hohlo finalmente voltou a si, estava no pátio do condomínio com os seus objetos todos espalhados no chão. Incrédulo, esforçou o olho esquerdo, que ainda via um bocadinho, para confirmar se também o telemóvel sobrevivera ao assalto. Satisfeito com a descoberta, reservou o inventário dos estragos à sua integridade física para o conforto da luz do quarto.

Já no aposento, viu o seu reflexo no espelho; era um homem de sorte, com a exceção dos inchaços nos olhos, os danos eram mínimos. Não estaria, contudo, em condições de trabalhar no dia que já alvorecia. Como era costume nas raras vezes que faltava ao trabalho, mandou um SMS madrugador para a patroa.

Djassi teve mais uma noite maldormida. Aborrecido, saiu da cama e preparou-se mais cedo para ir ao trabalho. Insulada de tudo no seu sono profundo, Paloma só acordou duas horas mais tarde por força do sol que penetrava violentamente entre as cortinas do quarto. Olhou para o seu telemóvel para ver as horas, mas duas mensagens registadas no ecrã roubaram-lhe a atenção.

Amor, já estou na Assembleia. Não levei Kevin comigo porque era ainda muito cedo. É melhor saíres para a creche com Hohlo para não te atrasares. Beijo.

Senhora xto muito doente eide vir amanhã Hohlo

Paloma olhou, a seguir, para as horas, pousou o telefone na cabeceira, fechou os olhos e começou a processar toda a informação. Ficou claro que não iria a tempo de deixar Kevin na creche e, com o menino em casa, sem empregado, não podia também ir ao trabalho. Ainda deitada, compilou uma mensagem curta para o chefe, justificando a sua ausência.

Deu uma ronda pela casa, avaliando como estruturar o dia. Havia pão por comprar, refeições por preparar e muita limpeza à espera. Começou pela casa de banho. A loiça sanitária, o azulejo, tudo parecia encardido. Limpou cada artigo até à exaustão. Quando passava o pano pelo chão, ouviu a voz de Kevin, que finalmente acordara.

— Morning, mammy.

— Morning, morning. Fica aí. Só entras depois de secar — Paloma, que não contemplava ver todo o seu trabalho inutilizado em tão pouco tempo, devolveu a saudação ao menino.

— Mas estou apertado, mãe. Quero fazer xixi — Kevin justificou-se. E, para reforçar o sentido de urgência, tinha as pernas cruzadas, enquanto saltitava.

Com um gesto potente, Paloma disse que não era negociável. Devia esperar até o chão secar. Continuou o trabalho na cozinha e, depois, no seu quarto. Quando chegou ao quarto dos meninos, perguntou por Quest. Kevin levantou os ombros, sinalizando desconhecimento. Evento como este não era incomum, mas ganhou outra significância devido à ausência do empregado.

Depois de levantar a interdição de uso da casa de banho, Paloma ocupou-se de organizar a pocilga dos Costinhas. Não era concebível que Hohlo passasse por aí todos os dias e nada parecesse no seu devido lugar. O mais desconfortante, porém, era o fedor. Quando se dirigia à janela para arejar o quarto, pisou numa pequena poça e logo entendeu de onde vinha o cheiro. Paloma tentou gritar pelo nome do filho, mas sentiu-se impotente. Começou a chorar. Naquele dia, todos os homens da sua vida pareciam inúteis.

Paloma só serviu o almoço às quinze horas. Conciliar as tarefas de casa e as macaquices de Kevin tinha sido mais complexo do que antecipara. Pouco tempo depois, Quest entrou em casa a cambalear de bêbado. Frustrada com o dia, sem esperar que o filho mais velho se enclausurasse no quarto, deflagrou um longo monólogo de repreensão.

— Quando olho para ti e olho para o Kevin, se eu fosse homem, sinceramente, não aceitava que fosses meu filho — Paloma desferiu um golpe forte que captou a atenção do filho ébrio. Quest, consciente das suas limitações físicas, apoiou-se sobre dois móveis, virou-se para a mãe, mas não levantou a cabeça para não a desafiar.

— Toda a tua vida foram papas feitas. Nunca tiveste que aprender a lavar, cozinhar ou fazer a tua própria cama. A única coisa que esperámos de ti foi que comesses, dormisses e estudasses, mas nem isso consegues. Vives como se estivesses sob protesto. Estás a protestar o quê?

Perante o silêncio do filho, a mãe direcionou a conversa para o problema mais recente.

— Eu passo o dia todo aqui a trabalhar como uma escrava e tu não estás cá para, pelo menos, tomares conta do teu irmão.

Tomar conta de Kevin nunca tinha sido sua tarefa, nem tão-pouco era tarefa da mãe tomar conta da casa. Quest estava confuso. Talvez fosse da bebida. Escudando-se no álcool, devolveu-lhe com a mesma moeda.

— Mãe, pensei que o trabalho de escravo fosse para Hohlo.

— Eu também pensei, mas só serve se ele estiver cá.

Toda a cena ficou clara para Quest. Não era a primeira vez que ele dormia fora ou voltava a casa bêbado. A única variante é que Hohlo não tinha aparecido no trabalho e a mãe estava a sentir o peso de fazer o trabalho do empregado. Para sua defesa, ele julgava ter a resposta para a ausência do empregado. Desembaraçou-se dos seus pilares de apoio, puxou uma cadeira para se acomodar e começou a sorrir. Perante a irritação da mãe, exteriorizou o que lhe ia na alma.

— Ah, não veio? Entendi.

— Já sei que tens algo a dizer. Desembucha logo, porque ainda estou muito zangada contigo — Paloma interveio para acabar com o suspense do filho.

— A mim não me surpreende, mãe. Estávamos na mesma festa — Quest desferiu, então, o golpe de misericórdia.

Colérica, Paloma levantou-se da mesa, procurou pelo telefone e encontrou-o pouco tempo depois no bolso do seu avental. Localizou o SMS madrugador do empregado e premiu o ícone Reply. Selecionou ALL CAPS e escreveu.

BÊBADO, PREGUIÇOSO, IRRESPONSÁVEL, ESTÁS DESPEDIDO. NÃO VOLTES MAIS AQUI. PATROA

Capítulo VI. DESPEDIMENTO

Djassi levantou-se da cama, porque o sol já estava muito forte e era impossível continuar a dormir. Teve, entretanto, um susto. Tinha uma reunião às nove horas e o relógio já marcava oito. Se para si ainda era possível se despachar, para o Kevin o atraso era irremediável. O guarda da kindergarten já nem estaria no portão para ouvir a sua desculpa esfarrapada.

Incrédulo, perguntou-se o que tinha falhado. A resposta não tardou. O relógio despertador da família ainda não tinha tocado. Agora, preocupado também com Paloma, que já estava seguramente atrasada, decidiu acordá-la, exteriorizando a frustração com a indisciplina de Hohlo.

— Isto não é aceitável! — gritou e certificou-se de que Paloma tinha despertado. — Com toda esta confusão neste país, um tipo ainda tem de lidar com empregados domésticos indisciplinados. Não tenho estômago para isso.

Paloma, ainda meio tonta de sono, calmamente comentou:

— Não te preocupes, amor. Mandei-o embora ontem mesmo.

— Fizeste o quê?

Djassi quis ter a certeza de ter percebido bem a mensagem.

— Corri com ele. Ele esteve a beber com Quest e não veio ao trabalho ontem. Não te disse ainda ontem porque, quando voltaste, eu já estava a dormir.

Já bem acordada, Paloma virou-se para alcançar o seu telemóvel. Viu as horas e entrou em pânico.

— Por causa daquele vadio, meu filho vai faltar mais uma vez às aulas!

Djassi apercebeu-se de que não estava ao corrente de muita informação. O que mais tinha acontecido que precisava saber?

— Não acredito no que estou a ouvir. Então, o coitado do empregado bebe uns copos para além da conta e tu, sem criares as compensações necessárias, manda-o embora!

Djassi pausou para arrumar as suas ideias e depois continuou:

— Tens noção de que tomaste uma decisão tão importante como esta sem me consultares?

— Desculpa, amor, mas não percebo por que te ralas tanto, se tu mesmo estavas há pouco a insinuar que o mandarias embora — Paloma, em vão, tentou buscar consensos.

— Isto não saiu da minha boca. Eu estava era a revelar a minha frustração pelo atraso dele, mas, com a informação que agora me deste, nem razão para isso tinha, porque ele não está atrasado. Simplesmente não veio, ou melhor, não virá ao trabalho, porque a sua patroa dispensou os seus serviços.

Paloma tentou ganhar a iniciativa no argumento e partilhou outras considerações que tinham pesado na sua decisão.

— Amor, com esta estória do inglês ser agora a língua de Moçambique, Hohlo não era uma boa influência para o Kevin. Eu tolerava o português torto dele porque Quest estava cá para permitir que o menino tivesse intervalos longos de civilização. Agora com o Quest prestes a ir estudar fora, Hohlo seria tudo quanto teríamos para moldar o nosso filho.

Djassi, consciente de que estava muito zangado, preferiu baixar o tom e, quase sussurrando, disse:

— Quem vai agora fazer o que ele fazia? Achas mesmo que consegues um empregado doméstico que fale inglês? Até talvez encontres um candidato, mas não tenho muita certeza que lhe possamos satisfazer a expectativa salarial.

Sentindo a cólera do marido, Paloma tentou calmar as coisas, dando a entender que tinha a situação sob controlo:

— Não te preocupes, amor. Falei com umas amigas e dizem que há agências de emprego que estão a fazer muito sucesso nesta área de arranjar e treinar empregados domésticos falantes de inglês.

Sentido a oferta de tréguas, o marido retribuiu com um tom mais comedido:

— Não podias, pelo menos, ter esperado contactar

tais agências e selecionar um candidato para depois despedires o Hohlo?

O tiro, entretanto, saiu-lhe pela culatra. Paloma retorquiu com veneno:

— Se gostas tanto do Hohlo, vai então a casa dele buscá-lo. Mas ele não vai trabalhar aqui *na minha casa*.

Djassi, que tinha visto os seus números de hipertensão disparar desde a aprovação da Lei do Renascimento Moçambicano, decidiu não continuar com o obtuso debate.

Depois de um longo sono, Hohlo despertou para a segunda metade do seu dia. A primeira tinha sido curta e violenta, e com muita sorte estava vivo. Tinha dores em todo o corpo, mas a cabeça é que o preocupava mais. Dava a terrível sensação de estar a suportar o peso de Mozambique. Com cuidado, levou uma mão para a testa e a outra para a nuca. Assustado com o tamanho quase caricatural da sua cabeça, virou em direção ao espelho, mas quase ignorou o monstro que o saudou no reflexo, porque o seu telemóvel, exibindo uma luz vermelha intermitente, anunciava coisas mais importantes.

Sem preocupação, premiu dois botões para abrir o aparelho. Não tencionava sair de casa, pois o dia já anunciava a sua substituição pela noite. Manteve-se calmo e continuou a explorar os segredos que se haviam acumulado enquanto dormia, na vã tentativa de se recuperar da agressão. O seu julgamento mudou, todavia, quando viu a mensagem destruidora da senhora Paloma Costa.

Já não lhe parecia boa ideia também faltar à escola. Se a decisão de faltar ao trabalho lhe havia valido uma expulsão sumária, seria imprudente experimentar a paciência dos gestores da sua escola, que, de certeza, estavam frustrados com todas as mudanças geradas com a nova lei.

Levantou-se para se preparar, mas logo a seguir questionou a sabedoria da sua decisão, porque a sua única roupa confiada para saídas estava esfarrapada pelo incidente da madrugada. Mesmo com a cabeça a doer, decidiu que a situação carecia de uma reflexão cuidada. *Será que tinha vindo a Maputo trabalhar ou estudar? Será que a escola valia o sacrifício que tinha negado ao trabalho? Que tal se o menino Quest tivesse razão em relação à futilidade dos estudos?*

Sem respostas óbvias às suas perguntas existenciais, revolveu a caixa que servia de baú à procura de roupa digna para sair. Afastou os papéis que estavam na parte superior e tirou todas as peças de vestuário que lá jaziam. Saíram três camisetes, umas calças e dois calções. Devolveu logo os calções. Gostava muito de cada um deles, particularmente das bermudas oferecidas pelo menino Quest. Tinham bolsos de calças militares e faziam inveja às pessoas do bairro quando as trajasse nos fins de semana. Ir à escola de calções, no entanto, era uma opção muito distante. O guarda do portão, que acumulava as funções de fiscal de indumentária, sem apelo nem agravo lhe indicaria o caminho de regresso.

Olhou a seguir para as calças. Não se recordava da última vez que as tinha posto. Era muito provável que tivesse sido o seu traje de batismo na Missão Roque de

Ndindiza. Tinha, na altura, dezasseis anos, e era concebível que agora não lhe servissem. Decidiu, porém, não refletir muito sobre o assunto, porque estava numa situação de "pegar ou largar" e convencia-se cada vez mais de que não ir à escola não era uma boa opção. Depois de as usar, foi incapaz de evitar o pensamento de que as calças bem se pareciam às bermudas, infelizmente sem glamour.

Agora com a missão de cobrir o tronco, estendeu as camisetes na cama. Conhecia-as todas muito bem. Uma era preta, outra amarela, e a terceira, branca. A preta era também presente do menino Quest. Tinha um crânio estampado na parte frontal e, nas costas, a inscrição "don't mess with me". Estava tentado a vesti-la, pois, quando a camisete ainda era do patrãozinho, ele adorava-a, pondo-a sempre que saísse à noite para festas. Hohlo nunca soube se a camisete tinha chegado até si por bondade ou maldade, porque o menino Quest deu-lha depois de ele ter engomado com ferro quente o estampo do esqueleto. Ignorando as razões por que a camisete se tinha tornado sua, decidiu conferir-lhe o mesmo amor que o antigo dono dava, trajando-a somente na companhia das bermudas de bolsos grandes. Colocou-a de lado, porém, porque não tinha a certeza que o guarda da escola o deixasse passar.

Pegou na amarela. O símbolo da República de Moçambique no peito esquerdo e as inscrições "vigésima quarta jornada parlamentar" no verso não deixavam quaisquer dúvidas sobre quem tinha sido o dono quando a camisete ainda tinha brilho. Djassi só a tinha vestido um dia, mas seria um exagero classificar a transferência de posse para o empregado como mais uma ação filantrópica da família Costa. Era, na verdade, testamento do altruísmo do empregado, que, ao ver a camisete abandonada na varanda às vicissitudes do tempo, ora apanhando sol, ora chuva, tinha decidido, sem objeção de ninguém, adotá-la.

Hohlo não se convenceu a trajá-la para a escola por duas razões. Por um lado, parecia-lhe humilhante pôr a camisete que tinha sido do homem responsável pela aprovação da lei do inglês que resultou no festival que estava por detrás da sua expulsão. Por outro, ainda que relevasse o seu escárnio, porque o orgulho é o privilégio dos que têm alternativas, a camisete não era mesmo opção porque tinha furos um pouco por toda a parte.

Desesperado com a falta de opções, olhou para a terceira camisete, decidido a baixar a sua fasquia de aprovação. Era uma camisete de campanha eleitoral. Tinha recebido-a num comício popular, mas não a vestia porque era muito transparente e parecia ter sido programada para uma única lavagem.

Levantou a camisete e não deixou de notar que, provavelmente, o principal responsável pelo drama no país e, seguramente, na sua vida o olhava com um sorriso matreiro quase que a dizer "enjoy the Mozambican Renaissance". Hohlo não tinha dúvidas que, se tivesse sabido na época das eleições que ele era o candidato que o faria perder emprego, teria votado num outro candidato. Se bem que, olhando bem, não estava seguro que houvesse tal alternativa. Talvez simplesmente tivesse guardado o seu voto nas entranhas da sua alma.

Chegou à escola pouco antes das dezoito horas, ligeiramente atrasado para assistir à aula do primeiro tempo. Entretanto, não precisou chegar à sala de aulas para compreender que mais uma vez não havia aulas. Havia, entretanto, um movimento desusado para um dia improdutivo. Muita gente parecia atrapalhada, e era complicado obter informação clara sobre o que estava a suceder. Confuso, juntou-se a uma fila de pessoas sem saber no concreto o que esperava receber no fim da linha. Com a sua cauda fina e cabeça grande, a bicha era inusitada. Depois de quase meia hora sem sentir progresso, imitou os que tentavam furar mesmo no fim da fila.

Pegou uma pessoa pelo ombro e pediu informações.

— Acabam de afixar nomes.

O informante não deu mais detalhes, muito provavelmente porque também os desconhecia. Hohlo tentou considerar algumas hipóteses, mas descartou-as todas. Não podiam ser pautas, porque o semestre estava ainda a meio. Nem tão-pouco eram resultados da prova de história, porque os professores ditavam os resultados na sala de aulas. Cogitou pôr em bom uso a sua experiência de paragem de chapas para abrir uma brecha na multidão e alcançar a vitrina, mas teve receio de se aleijar na cabeça. Resignou-se a esperar até as pessoas dispersarem.

Já tinham passado duas horas quando finalmente pôde ver a lista nominal. Não havia muita gente com a inicial H, mas, como não encontrasse o seu nome, leu a pente fino cada uma das dezenas de páginas A4 afixadas. Desmoralizado e confuso, partilhou a sua frustração com o vento.

— Não há Hohlo aí! Não apanho o meu nome!

— Já foste ver na secretaria? — alguém que vinha no sentido do bloco administrativo da escola captou a sua angústia e perguntou.

Não obstante desconhecer o significado das listas, Hohlo sentia-se no direito de também ver o seu nome exibido para o público. Confortado com a informação de mais possibilidades, dirigiu-se o mais rápido que pôde à secretaria. Olhou bem para o número de papéis afixados e não havia dúvidas de que o maior número eram as listas que já tinha consultado. Não sabia se era bom ou mau não ter encontrado o seu nome na lista maior. Se por um lado, seria um privilégio estar na lista exclusiva da secretaria, por outro, havia o risco de simplesmente serem tão poucos os nomes para constar o seu.

Em vez de procurar pela letra H, aproveitou-se da relativa presença de poucas pessoas para ler as listas de A a Z. Encontrou o seu nome com as consoantes trocadas, mas não havia outro Holho João Tivane. Localizado o seu nome, a busca que se seguia era interpretar o que significava. Enquanto as senhoras da secretaria continuavam ocupadas com outros alunos, foi processando a informação captada. A lista de fora era mista, mas com tendência para mais nomes femininos. A sua lista, porém, era exclusivamente masculina. *Será que no sistema inglês que se pretendia introduzir homens e mulheres deviam estudar em turmas separadas?* Essa hipótese era remota, porque a lista grande tinha homens e mulheres juntos. Quando se preparava para testar uma segunda hipótese, apercebeu-se de que ninguém estava no guichê.

— Desculpa, minha senhora — Hohlo dirigiu-se à senhora sentada do lado do balcão 1. Perante a inação dela, continuou: — Já encontrei o meu nome.

Pronunciou "nome" como se estivesse a dizer "ouro". Estava visivelmente satisfeito com o feito.

— E depois?

A senhora estava com cara de já ter atendido centenas de pessoas que tinham alcançado a mesma proeza e não estava nada impressionada.

— Não sei, tia.

Com medo, Hohlo retraiu-se, como que a dizer "por favor, ajude-me".

A senhora sentada ao lado, onde era possível ler a inscrição "balcão 2", apercebeu-se da aflição do aluno e ofereceu-se para ajudar.

— Anda cá, meu amigo.

Hohlo deu dois passos para a direita e entregou-se à senhora simpática.

— Esta cabeça toda é tua? — foi a primeira coisa que ocorreu à senhora do balcão 2 perguntar a Hohlo. A sua colega do balcão 1 soltou um grito e ambas fizeram coro na gargalhada. Quando pararam, a senhora do balcão 2 não conseguia controlar as lágrimas que escorregavam dos seus olhos. Tirou da sua bolsa um lencinho branco de rosto e limpou-as. Apercebendo-se que o lenço voltara escuro, voltou a abrir a bolsa grande e retirou de lá um espelho, lápis para maquilhagem e batom. Em pouco tempo, retocou a sua maquilhagem, devolveu os artefactos à bolsa e voltou a fazer uma cara séria e profissional. Hohlo, que estivera, inerte, a assistir à cena, ficou com esperanças de que finalmente lhe seria dada uma resposta.

— Awena, o gajo manda cabeça!

O discurso veio do balcão 1. Quando Hohlo já estava a dar as costas às senhoras malvadas, foi-lhe colocada uma pergunta que chamou a sua atenção.

— Onde é que apanhaste o teu nome? — a senhora do balcão 2, decidida, finalmente, a fazer o seu trabalho, perguntou.

— Nas listas — Hohlo ofereceu o que julgou ser a resposta apropriada para a pergunta óbvia.

— Essa cabeça grande afinal não pensa nada? — disse a senhora do balcão 1. Estava claro que a resposta não tinha caído bem às senhoras da secretaria.

— Estamos a perguntar se foi aqui ou lá fora? — esclareceu a senhora do balcão 2.

— Aqui mesmo na secretaria — já a denotar desgaste emocional, com os olhos humedecidos e postos no chão, Hohlo respondeu.

— Então, custou? — disse a senhora do balcão 1.

— Bate à porta do gabinete do diretor adjunto-pedagógico aí ao lado — acrescentou a senhora do balcão 2.

A sala do pedagógico era um minúsculo cubículo adaptado como extensão da secretaria. Não dava para imaginar que pudesse caber mais alguém para além do seu proprietário, mas, quando Hohlo entrou, encontrou-o na companhia de outros seis alunos. Havia silêncio na salinha. O pedagógico, sentado na sua poltrona, terminava uma operação no seu telemóvel, enquanto os seus hóspedes aguardavam em pé. Hohlo reforçou a lista de espera e não disse qualquer palavra, convencido de que estavam todos concentrados para a mesma missão.

— Muito bem, jovens — o pedagógico dirigiu-se à sua audiência. — Presumo que estejam aqui para saber por que os vossos nomes estão na lista da secretaria e não com os outros lá fora. Se se trata de um outro assunto, venham numa outra altura.

Os alunos entreolharam-se, mas ninguém arredou o pé da sala. Confirmada a homogeneidade do grupo, o pedagógico continuou.

— Com as mudanças no país, paira muita incerteza sobre quando cada um de nós deve fazer o ajuste para o Renascimento Moçambicano.

Hohlo olhou para as caras dos seus colegas e ficou com a sensação de que estavam todos estupefactos. Os alunos tinham suportado a longa espera na sala do pedagógico para simplesmente saber o que iria acontecer depois da afixação das listas, mas estavam a ter uma aula de educação política. Baixou os olhos para não denunciar a sua falta de interesse pelo sermão.

— Entretanto, o nosso presidente deu o exemplo e não deixou quaisquer dúvidas de que a década do Renascimento Moçambicano já começou. Instruído por Sua Excelência, o Ministério da Educação trabalhou noite e dia para identificar professores qualificados para ensinar na língua inglesa.

Hohlo levantou a cabeça. Finalmente começava a fazer sentido o que estava a ouvir. Para encorajar o pedagógico a continuar a falar sobre o assunto do inglês, esboçou um sorriso empático e esperou por mais novidades.

— Infelizmente, como vocês podem imaginar, os professores são poucos, e como pretendemos manter a excelente qualidade de educação que temos oferecido nas nossas escolas, não poderemos manter o mesmo número de turmas que temos atualmente.

Hohlo começou a pressentir que não estavam aí para receber boas notícias. O pedagógico já não parecia muito à vontade. Fazia movimentos repetitivos para a esquerda e para a direita na sua poltrona e estalava os dedos.

— Teve, naturalmente, de haver um critério. O Ministério determinou que fosse dada prioridade a alunos em idade escolar promissora e, porque ainda temos muito analfabetismo feminino, às mulheres também, independentemente da idade.

Para Hohlo ficou, finalmente, claro por que o seu nome estava na secretaria. Ele era homem e com vinte e sete anos de idade, era muito velho para o Estado apostar em si. Manteve-se de cabeça erguida, entretanto, porque imaginava que nem tudo estivesse perdido. Se a escola se tinha dado ao trabalho de constituir uma lista, não podia ser para mandá-los embora. Deviam ter planos para eles, pois ele se recordava que o Presidente da República tinha dito que *todos* os moçambicanos deviam viver a década do Renascimento Moçambicano.

— Amigos, eu não quero de maneira nenhuma que vocês pensem que foram descartados. Pelo contrário. O nosso país erradamente investiu durante muito tempo em formar doutores e engenheiros, mas esqueceu-se de que qualquer sociedade precisa de pedreiros, carpinteiros, canalizadores, jardineiros, etc. É também missão do sector de Educação preparar esses profissionais para a sociedade.

Hohlo não sabia se estava zangado ou, simplesmente, resignado com o que estava a ouvir. Ocorreu-lhe que o pedagógico se tinha esquecido de mencionar empregados domésticos na sua lista de grandes profissões reservadas aos Hohlos deste mundo. O único problema, porém, é que ele não precisara de ir a escola alguma para aprender a limpar o chão dos Costas. No seu bairro, muitos jovens trabalhavam nas obras, mas também ninguém tinha tido qualquer formação profissional. Refletindo bem, o pedagógico estava, por outras palavras, a dizer exatamente o mesmo que sempre dizia o menino Quest. Para pessoas como ele, era uma perda de tempo ir à escola.

— Portanto, amigos, a partir de hoje vocês não precisam vir à escola todos os dias. Basta passarem por cá uma vez e outra para saber se já têm colocação em alguma escola profissional.

Ficou claro que a sentença tinha sido dada. No mesmo dia, tinha perdido o seu emprego e o direito de frequência na escola. Para não ser indecente e abandonar a sala do pedagógico, Hohlo esperou que lhes fosse dito explicitamente que era hora de irem andando.

— Obrigado por me ouvirem com urbanidade e sem agitação. Eu sempre soube que nesta escola formávamos alunos educados. Muita boa sorte na próxima fase das vossas vidas! Se alguém não tiver percebido bem ou tiver uma pergunta particular, pode ficar, mas os outros estão dispensados.

Todos os alunos abandonaram a sala, mas Hohlo ficou. A mensagem tinha sido muito clara, o pedagógico tinha sido muito pedagógico na sua explanação. Era bem provável que se não importasse de esclarecer uma dúvida que sempre teve e que ficou ainda maior com tudo o que ouvira há pouco.

— A professora de português da 6ª D também está na lista da secretaria?

— Não, meu caro. As listas são só de alunos — o pedagógico respondeu-lhe com amabilidade, não obstante a questão parecer insólita.

— O que vai, então, acontecer aos professores que não podem ensinar em inglês?

— Ainda bem que perguntas. Assim ficas a saber que o azar não escolhe. Muitos professores serão retreinados para profissões técnicas também, mas a tua querida professora de português e alguns outros professores vão para o Ministério da Educação. Há lá sempre lugar para pessoas que o Ministério não sabe muito bem o que fazer com elas.

— Posso eu também ir ao Ministério? É que perdi hoje o meu emprego e penso que o Ministério pode aproveitar-me bem. Eu sou um bom empregado doméstico.

Pela descrição do pedagógico, o Ministério era um lugar de ócio, mas Hohlo não se importava. O espectro de acordar mais um dia sem emprego era terrível, e a ideia de ser colega da professora de português não era má de todo.

— Não é bem assim, jovem. Eu disse que lá havia espaço para os funcionários descartados do Ministério. Funcionários! Os alunos são clientes do Ministério, não pertencem necessariamente a ele.

A mensagem estava muito clara, mas, como o pedagógico não correu consigo da sala, Hohlo continuou a esclarecer as suas dúvidas.

— E o senhor também vai ao Ministério?

— Bem, jovem. Não sei se devia estar a ter esta conversa contigo. Trabalhar no Ministério é, na verdade, muitas vezes uma promoção. Eu espero no futuro trabalhar lá. Na situação atual, tenho o privilégio de continuar aqui na escola nas mesmas funções, mas não porque se deu vantagens aos diretores. Há diretores que serão retreinados e outros que vão para o Ministério, mas não como promoção.

O pedagógico, apercebendo-se da confusão toda associada ao Ministério, sorriu e continuou o seu raciocínio:

— Eu fico porque me preparei para toda esta borrada que está a acontecer. Quatros atrás comecei a ir a aulas de inglês no bairro. Há muitas escolas de inglês nos bairros. Há muitos mafiosos, mas eu tive a sorte de ser preparado por um velhote que viveu no estrangeiro. Não sou bom, mas ninguém me atrapalha com o inglês. Falo, escrevo e leio. Meu caro jovem, já está muito tarde. Tenho de ir. Um abraço.

Capítulo VII.
O TRIUNFO DAS ELITES

Djassi estava a caminho da Ponta Vermelha, a sede do poder executivo moçambicano. Todavia, tudo parecia surreal, pois, depois da sua desastrosa intervenção na Assembleia da República, era-lhe difícil estar até na companhia de anões da política doméstica.

Parou no primeiro semáforo para comprar jornais, pois saíra de casa com muita margem de tempo até ao grande encontro no palácio presidencial. Sempre gostara de acompanhar notícias do país, mas, dada a sua nova condição de político leproso, era agora consumidor compulsivo de todos os jornais da praça, peneirando as alegações e meias informações dos jornais para fazer senso do que estava a acontecer no seu próprio partido e no governo.

Com alguma sorte, era capaz de encontrar nos periódicos as razões por que Sua Excelência o tinha mandado chamar. Por si, já tinha analisado as prováveis motivações sob todos os prismas, mas nada parecia plausível. Em benefício da sua boa disposição, preferiu simplesmente celebrar o facto de o convite ter vindo pessoalmente do Presidente da República e tudo indicar que o encontro fosse privado: Sua Excelência o Presidente da República e Sua Excelência Deputado da Assembleia da República na mesma mesa a falar sobre sabe-se lá o quê.

Ao inspecionar os jornais pendurados nos braços dos ardinas, notou, sem surpresas, que muitos já eram bilíngues, alguns continuavam em português e outros tinham corajosamente embarcado no comboio do Presidente da República e estavam exclusivamente publicados em inglês.

Não conseguiu, entretanto, evitar um sorriso quando se apercebeu de que o Notícias, que se tornara bilíngue, continuava com o mesmo número de páginas. Portanto, tinha metade das notícias de um passado muito recente. A criatividade dos editores do jornal público não tinha parado por aí: colocaram uma nota de pedido de desculpas antecipado com a inscrição "estimados leitores, os textos neste jornal foram originalmente escritos em português. Os textos em inglês são traduzidos e em caso de discrepância prevalece o conteúdo original".

O Nação Ardente, que não devia explicações ao governo, mas sim aos clientes que o sustentavam, preferiu publicar na única língua que conhecia e sabia ser capaz de vender. Trazia como tema de foco as mudanças que já estavam a acontecer ao nível da organização do governo. Numa matéria, citando fontes anónimas, descrevia a discussão que ocorrera na última sessão do Conselho de Ministros.

Os ministros que tinham estudado nos Estados Unidos sugeriam que a designação de ministro passasse para "secretary", ao passo que outros argumentavam a favor da tradução literal, "minister". O argumento pendia entre se a tradução do novo termo caía bem em português e o que era norma no mundo anglo-saxónico. O excerto da intervenção de um ministro na presidência tinha feito manchete num dos jornais publicados em inglês: "Who gives a s*** about how it looks in Portuguese?".

Djassi, estupefacto com as prioridades do governo, que não parecia ainda ter parado para analisar como proteger as populações mais vulneráveis das mudanças rápidas e radicais que estavam a acontecer no país, retirou do porta-luvas o dicionário bilíngue que lhe fora oferecido pelo alto-comissário do Quénia para procurar o significado da palavra s***, mas viu-se a consultar o equivalente de "deputado" em inglês.

Era irónico que estivesse a repetir a atitude egoísta que criticara há pouco, mas, estranhamente, não se sentia envergonhado, pois era impossível evitar o pensamento de que o drama na sua vida estava associado à única instância em que deixara que o interesse público se sobrepusesse aos seus ganhos particulares.

Já tinha tido tempo suficiente para ruminar sobre a escolha que fizera no Parlamento. Continuava a mostrar uma cara de convicção para as poucas pessoas que ainda ousavam privar consigo, mas no interior começara a fraquejar no instante a seguir à reprovação do seu voto. Se o Presidente da República lhe desse a mínima chance, estava preparado para se retratar e pedir desculpas.

Chegado ao parque de estacionamento da presidência, tirou o telemóvel do bolso para ver as horas. Ainda tinha muito tempo, então preferiu fazer-se anunciar, usando o saldo de tempo para se aclimatar. Deixou, no entanto, o celular no carro, porque desconfiou que os protocolos de segurança não o deixassem passar com o aparelho. No carro, sabia que estava seguro; nas mãos dos agentes dos serviços de segurança do Estado, não tinha muita certeza.

Depois de passar por duas estações de controlo, entrou num corredor onde estavam perfilados os retratos dos antigos ocupantes daquela casa. Reduziu o passo para sorver o momento. Era quase surreal que o projeto democrático moçambicano já tivesse produzido mais de uma dezena de presidentes, mas na memória coletiva só sobrava o primeiro, ironicamente o único não democraticamente eleito. Os outros inquilinos não pareciam ter passado ao teste do tempo. Olhou profundamente para a última fotografia, a do homem que encontraria em carne e osso nos instantes seguintes, e perguntou-se se, com a manobra de reinventar Moçambique, este perduraria na memória coletiva dos moçambicanos. Inadvertidamente, balbuciou "vamos ver". A senhora que o acompanhava, perplexa, indagou:

— Diga?

Djassi, que não tinha a intenção de partilhar as suas reflexões inconvenientes, esforçou-se por esclarecer:

— Estava a dizer que nem parece real que hoje vou ver Sua Excelência o Presidente da República — pausou, apontou para o retrato na parede e acrescentou: — Ele mesmo.

Sorriu para camuflar o embaraço.

— Não se preocupe, senhor deputado. É assim com todos os que passam por aqui. Isto enche-me de orgulho, porque eu felizmente tenho o privilégio de o ver quase todos os dias — disse a senhora sorrindo de volta.

Certo de que tinha contornado bem a situação, Djassi preferiu o silêncio, até que finalmente fosse recebido pelo presidente. O líder da nação parecia sob efeito de algum sedativo. Estava com ar cansado e não parecia reconhecer Djassi ou sequer se recordar de o ter convidado para a sua casa. Valeu a paciente contextualização da sua ajudante de campo para, de seguida, o presidente ficar alerta e, com o máximo de simpatia que conseguiu engendrar, começar a conversa com o seu hóspede.

— Então, camarada, como está a família?

A pergunta era de praxe, mas vinda de quem vinha e dadas as circunstâncias, Djassi não soube o que dizer. Não sabia se diria ao presidente que, por força do seu projeto político, a sua família teve de dispensar o empregado doméstico, ou que o aumento da frequência de brigas de casal era exponencial. Respirou fundo e, para evitar a intermissão na conversa, começou a estruturar o pensamento à medida que falava.

— Não me posso queixar, camarada presidente. Para lhe ser franco, estou isolado em minha própria casa na oposição à nova lei.

Sorriu e olhou para a cara do presidente. Este sorriu de volta para o confortar.

— O meu filho mais novo já concordava consigo, camarada presidente, mesmo antes da sua eleição. Ele estuda numa escola internacional e fala inglês melhor que português.

Djassi, que falava cabisbaixo, voltou a olhar nos olhos do chefe para se certificar de que não o havia ofendido. Tendo encontrado o mesmo sorriso de conforto de há pouco, prosseguiu.

— O irmão mais velho também recusou uma bolsa de estudos superiores em Portugal a favor do Quénia. Tudo por causa da oportunidade de melhorar o seu inglês.

Djassi, que tencionava continuar o seu desabafo, ficou petrificado quando viu o presidente, pela primeira vez, a tomar notas. Rebobinou, sem sucesso, a sua última declaração à procura de atos que pudessem ter ofendido Sua Excelência.

— Desculpe, camarada presidente, eu...

O presidente, apercebendo-se do seu desconforto, apressou-se a convencê-lo de que estava tudo bem.

— Camarada, o seu filho é corajoso. Deve ter saído à imagem do pai.

— Camarada presidente, isso é bom ou mau?

Djassi estava convencido de que "corajoso" fosse um eufemismo para "casmurro", mas já que estavam a falar quase de tu para tu, preferiu que o presidente fosse mais explícito. Bem vistas as coisas, podia estar naquela expressão a chave da convocatória.

— Oh camarada, eu pessoalmente dava de tudo para ter gente como o camarada no meu governo — o presidente esclareceu para positiva surpresa de Djassi.

Este, porém, para se certificar de que tinha entendido bem a mensagem, desafiou o presidente:

— Desculpe-me a ousadia, camarada presidente, mas o que vale ter coragem se não se fala inglês no seu governo?

Djassi não queria ter brincado com a palavra coragem naqueles termos, e desta feita não lhe serviria de nada pedir desculpas. Para além de malcriado, seria um cobarde. Olhou, portanto, para o presidente com a melhor cara que pôde construir.

— Talvez não no Conselho de Ministros.

O presidente pausou para vazar o copo de whiskey que tinha do seu lado da mesinha. No mesmo instante, Djassi fez umas preces para que o ponto fosse continuado. A ser final, poderia ser mais do que o desfecho daquela conversa, seria o fim da sua carreira política.

— Mas como o camarada, deputado que é, sabe, o nosso governo não para por aí.

Djassi, que sentira os lábios e a garganta secarem quando o presidente retomou o discurso, bebeu de um gole só a água que pedira no lugar do whiskey. Estava claro que o presidente estava a namorá-lo para uma posição no governo, mas optou por se manter calado.

— Com a nova lei, há muita coisa positiva que está a acontecer, até para a minha própria surpresa. O presidente norte-americano vai escalar Moçambique no seu périplo por África. A British Airways vai passar a ter voos diretos a partir de Londres. A universidade Queensland vai abrir uma sucursal em Maputo.

O presidente, visivelmente emocionado, acrescentou:

— Quem diria?

Para Djassi, toda a lista de "sucessos" só vindicava o seu argumento e de outros críticos de que a lei só beneficiaria a mesma elite que já estava bem com o status quo. Entretanto, para não se arriscar a não ouvir a proposta que, seguramente, o presidente o havia chamado para fazer, guardou para si a sua desaprovação.

— Maningue nice! — disse simplesmente a única expressão que julgara saber do inglês. Perante a inexpressão do presidente, Djassi sentiu-se na obrigação de incrementar o elogio. — Isto é fenomenal para o país. — E recordando-se dos retratos na parede do corredor, acrescentou: — A história vai-lhe reservar um lugar muito especial, camarada presidente.

— Não se perdermos um amigo histórico — o presidente respondeu prontamente. — Lisboa anda muito nervosa com tudo isto. Já há rumores de que encerrem a embaixada cá. Isso não é nem remotamente palatável. As empresas portuguesas continuam a ser as principais investidoras no país e, sem empregos para os jovens, o Renascimento Moçambicano será uma quimera. Este povo já sofreu muito e viu grandes projetos de desenvolvimento que não se traduziram em melhoria de vida das pessoas comuns. Eu não entrei na política para repetir os erros dos meus antecessores.

Depois de um longo monólogo, o presidente parou para reorganizar os seus pensamentos. Djassi, todavia, não ousou preencher o vazio. Esperou pacientemente pelo chefe supremo.

— O meu projeto foi sempre de adição do inglês e não de substituição do português. Camarada, um país como o nosso precisa de todos os amigos que puder ter. Não nos interessa deitar fora os brinquedos antigos.

Djassi olhou para a parede e notou que já passavam duas horas que conversavam. Imaginando que o presidente fosse um dos profissionais mais ocupados da nação, não deixou de apreciar o privilégio. Entretanto, o relógio fê-lo pensar no seu telemóvel que jazia no carro. Compreendia agora por que os serviços de segurança não deixavam hóspedes para o presidente passar com telemóveis. Um filme ou gravação de áudio daquele momento de contrição do chefe supremo certamente sobreviveria ao teste do tempo.

Para contornar a distração temporária e convidar o presidente a prosseguir, Djassi balbuciou:

— É verdade!

O presidente olhou para o deputado e sorriu.

— Ainda bem que concorda comigo, camarada.

Djassi não tinha tanta certeza que concordasse, mas, em benefício da boa conversa e da lavagem da sua imagem, sorriu de volta e abanou positivamente a cabeça.

— Gostaria de relançar as relações diplomáticas com Portugal. Não sei se o camarada aceita representar o nosso país em Lisboa?

O presidente finalmente revelou o propósito da convocatória.

— Como embaixador?

Djassi queria certificar-se de ter entendido bem.

— Exatamente — disse, simplesmente, o presidente.

Djassi fechou os olhos e reviu imagens da sua intervenção na Assembleia, o seu abandono pelos colegas do partido, o seu encontro acertado às pressas com o embaixador queniano. A última, entretanto, teve mais ressonância. Afinal de contas, estava também reservado para si uma casa grande, uma garrafeira interminável e uma legião de empregados domésticos... E mais, não precisaria de andar mais com o dicionário de bolso.

Levantou-se e, em seguida, ajoelhou-se.

— Conte comigo, camarada presidente. Estou pronto para o defender a si e aos interesses da pátria amada.

O presidente evitou contacto visual pelo desconforto de ter um homem adulto de joelhos ao lado. Entretanto, parece ter gostado do ato de lealdade, porque olhou para o seu bloco de notas, onde só parara uma vez para escrever algo, e surpreendeu ainda mais o seu convidado.

— Camarada, logo no início eu disse que admirava o seu filho. Se o seu jovem quiser aprender inglês da fonte, é só falar com a minha ajudante de campo na saída. Temos uma dúzia de bolsas para a Inglaterra.

Novamente no seu assento, incrédulo, Djassi, cabisbaixo, disse:

— Thank you!

Capítulo VIII.
O LINCHAMENTO

Saquina continuou a ir ao trabalho como de costume, mas havia cada vez menos o que fazer. Varreu o átrio, voltou a arrumar alguns móveis que ela própria mudara de posição no dia anterior e, menos de uma hora depois, não tinha com que se ocupar. A cozinha não chamava por si, não tinha porquê ir ao tanque de lavar e os depósitos de água não tinham espaço para mais reservas.

Nos dois primeiros dias que o patrão não saiu de casa, ela aproveitou a inércia para ir para a sua casa mais cedo cuidar da filha, que ficava nos vizinhos quando ela estivesse a trabalhar. Entretanto, a falta sistemática de afazeres já não estava a ser divertida pois, na sua profissão, augurava dificuldades financeiras na vida dos patrões, resultando em salários atrasados ou, na pior das hipóteses, perda de emprego. Se já não havia condições para ela continuar, precisava saber logo para ir à procura de uma nova oportunidade nos quintais do bairro. Não podia contemplar um mês sequer sem emprego, porque, com trabalho, para além de algum dinheiro, tinha garantidas três refeições grátis por dia.

Juntou forças para confrontar o patrão, que ainda dormia, insulado da vida. Contudo, com receio de o tocar porque estava com o tronco nu e era plausível que o resto do corpo dissimulado pelos lençóis também estivesse desnudado, pensou em causar barulho atirando um copo para o chão. Desistiu, porém, imediatamente da ideia porque lhe pareceu radical sacrificar o único copo de vidro que existia. Decidiu-se, portanto, por abanar gentilmente a cama de alumínio e, em simultâneo, chamar pelo patrão.

— Patrão, patrão. Hoje não vai ao serviço?

Depois de alguma insistência e perante a falta de resposta, assustada e já a lacrimejar, tocou no ombro do patrão e repetiu o chamamento. Frustrada, usou as duas mãos e agitou o patrão com mais vigor, porém, mais uma vez sem sucesso.

Já tinha participado em muitos funerais, mas nunca tinha sido ela a declarar óbitos. Não obstante o patrão estar muito quente, o corpo parecia sem vida. Para alertar os vizinhos da tragédia, Saquina começou a gritar.

— Nhandayeyo! Mamanou! Patrão! Patrão!

Não era a melhor hora do dia para conseguir mobilizar auxílio na vizinhança, porque muita gente já tinha saído para trabalhar. Ainda assim, duas pessoas prontamente responderam ao grito de socorro. Para a surpresa dos voluntários, porém, quando forçaram a porta da casota, a intensidade do barulho havia reduzido bastante, com a exceção de alguns soluços da empregada.

Hohlo já havia despertado e estava no leito da cama, sentado, suado e completamente nu. Olhava para os intrusos no seu quarto como se não tivesse visto nada. Parecia estar numa outra galáxia. Marcos, o vizinho que arrombou a porta, não estava nada satisfeito com que estava a ver e sentia-se defraudado.

— Chamaram-nos para isto?

Perante o silêncio dos dois, insistiu.

— Ah?

Sem resposta de Hohlo ou Saquina, o outro vizinho, que trazia uns óculos enormes para a sua cara de menino, voluntariou uma explicação.

— Acho que o gajo estava a violar a empregada. É melhor não nos metermos. Isto é caso de polícia.

Quando os vizinhos já se estavam a retirar, Saquina finalmente conseguiu controlar as suas emoções e disse, quase com o mesmo vigor que chamara ajuda:

— Juro, tinha morrido. Só pode ter ressuscitado.

Os vizinhos entreolharam-se perplexos. Hohlo, porém, não mostrou qualquer emoção. Saquina não gostou nada da reação dos três. Disposta a provar a sua sanidade mental, confrontou diretamente o ressuscitado.

— Não havias morrido você, patrão? Diz lá a verdade.

Hohlo continuou, inerte, a olhar para o mesmo vácuo como desde quando despertara. Do lado de fora, ouvia-se o barulho de uma multidão a ganhar corpo. Algumas pessoas falavam baixinho e tantas assoavam os seus narizes.

— Mano, vamos embora. Como eu disse há pouco, isto aqui é caso de polícia. Já há gente lá fora a chorar que pensa que houve infelicidades, enquanto nós sabemos que não se passa de um gajo que se forçou contra a vontade da empregada. Vamos sair e passar a mensagem para a vizinhança e acabar com este drama desnecessário — afirmou o vizinho de óculos. Marcos, todavia, tinha uma outra interpretação.

— Espera, vizinho. Desde que entrámos, aquele senhor ainda não tapou as partes íntimas dele. Eu acho que ele deve estar doente.

O vizinho que estava seguro de estar diante de um caso de estupro não se deixou demover e insistiu na sua teoria já com o tom levantado.

— Irmão, o que estamos a ver aqui é um caso clássico de violação sexual. Acredite em mim. Eu sei o que estou a dizer. Estou a terminar o meu curso de Licenciatura em Psicologia. O facto de o senhor não reagir é normal. O gajo está impotente porque foi apanhado em flagrante e a vítima está a falar coisas sem nexo porque está em estado de choque.

Quando saíram para o quintal, encontraram senhoras de capulanas sentadas no chão e um grupo de senhores de pé a sussurrarem entre si. O aspirante a doutor que havia determinado o diagnóstico final, todavia, não parou para partilhar a sua asserção com a multidão ansiosa. Deixou a missão com Marcos, que a assumiu relutantemente.

— Mamãs e papás, desculpem por terem vindo. Eu e o vizinho que passou agora também ouvimos os gritos de socorro, mas, não sei se digo feliz ou infelizmente, não há infelicidades.

As senhoras que estavam no chão levantaram-se e algumas desamarraram as suas capulanas, deixando à vista calças, calções ou vestidos ousados que ocultavam por respeito à situação de morte que acreditavam existir no condomínio. Todos se aproximaram do vizinho para ouvir com atenção a mensagem que estava a ser passada.

— Parece que o vizinho subiu a empregada sem ela querer e ela ficou...

Marcos pausou, à procura da palavra certa.

— Aquele vizinho que foi é quase doutor, mas não me recordo bem do que ele disse. O que eu vi é que a empregada parece que ficou maluca.

As pessoas continuaram a olhar para Marcos, ávidas de mais informação, mas ele julgava já ter dito tudo. Para o contrariar, alguém da audiência fez um comentário que parecia exteriorizar o sentimento de muitos.

— Mas ela foi sempre maluca! — disse uma senhora, sugerindo que ainda esperavam por alguma novidade.

— Então piorou. Está acabada. Parece que o patrão foi mesmo muito violento — Marcos sentenciou.

De repente, quase todas as pessoas começaram a falar em simultâneo. Quando o barulho baixou de intensidade, uma voz masculina gritou:

— Vamos lá, bazar. Não é de hoje que patrões se metem com empregados. Como se não bastasse, são todos adultos. Sinceramente, isto não é assunto do bairro, é um caso muito privado.

Quando tudo indicava que a voz tivesse colhido algum consenso, pois algumas pessoas começaram a retirar-se do pátio, uma senhora que falava português com sotaque de estrangeira ofereceu uma posição contrária.

— É por causa desta atitude que não se combatem os abusos sexuais. Vocês pensam mesmo que é um assunto privado quando alguém usa da sua posição de poder para violentar a outra até perder os sentidos? Se me recordo bem, quando o Presidente da República falou do Renascimento Moçambicano, não se referiu somente à mudança da língua, mas também falou da moralização da sociedade. De contrário, falar hoje inglês com os mesmos hábitos e valores de ontem equivale a colocar batom numa porca.

A senhora olhou à volta para ver se a sua metáfora tinha caído bem. Satisfeita com os sorrisos nos rostos, prosseguiu.

— Nos países onde se fala inglês, só do patrão comentar algo indecente sobre a roupa da empregada vai preso. Não há tolerância para o assédio sexual, quanto mais violação. É prisão perpétua!

Uma outra senhora corroborou:

— A vizinha tem razão. Não sei nada da Inglaterra, mas conheço a empregada desta casa. Ela é muito calada e deve ser por isso que se aproveitam dela. Mesmo a filha que tem foi resultado de uma violação.

A mensagem parece ter tocado num ponto nevrálgico de uma pessoa na multidão.

— Para além de violar a senhora, o gajo também comeu a filha! Esse tipo merece porrada — disse um jovem que estava muito atrás para ter percebido bem a mensagem. A senhora portadora da mensagem, porém, não se esforçou em corrigir quando se apercebeu de que a palavra "porrada" tinha gerado consensos de que ela também partilhava.

Saquina, que conseguia ouvir, da casota, que a narrativa de que ela tinha sido violada sexualmente estava a cristalizar-se, saiu para o quintal para, mais uma vez, tentar repor a sua interpretação da verdade.

— Vocês, o patrão não está bem. Não se mexeu desde então — disse, ainda tentando controlar as lágrimas.

— Não temos dúvidas de que não esteja bem. Estamos aqui mesmo para lhe dar um corretivo.

Pela primeira vez alguém parecia estar a perceber o que ela estava a dizer.

— Corretivo?! Para ficar bom? O patrão precisa urgentemente. Muito obrigada — Saquina disse, tentando sorrir.

— Alguém tem carro aqui para levar esta senhora para o hospital enquanto a gente trata do saloio que está lá dentro? — o senhor do "corretivo" gritou para a excitação da multidão.

Com Saquina fora de cena, surgiu outra confusão sobre como proceder. Marcos, que arrombara a porta e tinha sido obrigado a ser porta-voz do aspirante a psicólogo, não estava muito confortável com o rumo que as coisas estavam a tomar. Usou da autoridade de ser o único que tinha efetivamente estado na companhia do alegado violador para se fazer ouvir.

— Vizinhos, para ser honesto convosco, eu não sei bem o que aconteceu nesta casa. A senhora já está em segurança. Penso que não há motivos para termos pressa para resolver este assunto. Devíamos chamar a polícia.

— Polícia? Polícia? Este gajo não conhece a polícia. Apesar de agora serem chamados "police", não mudou nada. Continuam os mesmos. Vão chegar aqui e esse patrão, que deve estar cheio de taco, vai orientar os gajos e o caso vai morrer antes de ter nascido — disse um jovem que, pelo traje e corte de cabelo desajeitados, parecia conhecer muito bem a polícia.

— Faz favor! Faz favor! Que cheio de taco? Vocês

já repararam que este senhor arrenda uma casota de madeira e zinco?

Marcos, que tinha estado dentro da casa e vira as condições em que Hohlo vivia, achou-se no direito de esclarecer.

— Essa coisa de dinheiro não se mede assim. Está cheio de nigerianos aqui que alugam casas que não têm nada a ver e mandam mola. Meu senhor, para tua informação, eu conheço o dono desta casa. O gajo não tem mulher e trabalha na Assembleia da República — um outro jovem entrou em defesa do anterior.

Sem solução à vista e sentindo-se sem o apoio da maioria, que estava disposta a fazer justiça pelas próprias mãos, Marcos seguiu o exemplo do estudante de psicologia e retirou-se da zona de influência do vulcão que estava prestes a erupcionar.

Suprimida a boca inibidora de mea-culpa de Marcos, a multidão ganhou sentido de propósito e preparou-se para linchar o violador de mulheres e crianças indefesas. Um adolescente sugeriu uma medida cirúrgica à medida que a implementava. De dois recipientes de óleo de cinco litros, regou a casota de Hohlo com petróleo. Enquanto o combustível escorria entre as chapas e, ocasionalmente, as ripas de madeiras, a multidão, em uníssono, gritava "Muhisse! Muhisse! Muhisse!". A euforia desfaleceu, entretanto, quando não se conseguiu produzir lume para terminar o trabalho. Enquanto se esperava pelo regresso de duas crianças que tinham sido mandadas encontrar um fósforo, houve oxigénio para alguma reflexão e um velho, que tinha até aí participado de forma passiva, interveio.

— A quem pretendemos castigar aqui?

A pergunta parecia muito óbvia e quase ninguém se dignou entreter a senilidade do velhote. Uma menina, por pena ou por estupidez, ofereceu uma resposta:

— O dono desta casa, e depois? — respondeu com condescendência.

— Mas alguém disse aqui que o violador não era o dono da casa. Estava somente a arrendar, tal como todos os outros inquilinos deste condomínio.

Houve um momento de silêncio enquanto a sabedoria do velho decantava nas mentes férteis dos jovens e senhores na multidão. Logo em seguida, esgrimiram-se argumentos num debate cacofónico que só terminou quando os fósforos chegaram. Já não havia, entretanto, apetite para enveredar pela punição da queima da casa, e dois jovens voluntariaram-se para entrar e retirar da clausura o violador para se lhe aplicar um corretivo sem danos colaterais.

Hohlo já tinha mudado de posição. Estava novamente deitado, com todos os cobertores que tinha à sua disposição engajados para lhe proporcionarem algum conforto. Gemia muito, todavia, e estava perdido num sonho profundo.

Sem emprego e sem escola, Maputo se havia tornado inóspita para si, então voltara a Ndindiza. A comunidade recebera-o com reverência porque vinha da cidade. Assumiam que, para além das novas maneiras, que eram facilmente notáveis, também falasse a nova língua de Maputo. Muitas donzelas tinham-lhe sido oferecidas para esposa, mas o consenso da sua família foi de que ficasse com a filha do régulo. Contrariamente aos hábitos da zona, o chefe tradicional não esperava qualquer dote de si. Oferecia, pelo contrário, dignidade e respeito à sua família humilde.

Não houve, entretanto, muito tempo para se habituar à vida confortável de genro do líder da comunidade. O governo, em Maputo, que até então se havia preocupado pouco em implementar o Renascimento Moçambicano fora das vilas e cidades, tinha anunciado um plano para as zonas rurais, denominado "ARDER — acelerar o renascimento para o desenvolvimento rural". Assentava-se na criação massiva de emprego para os jovens e na disseminação rápida do inglês por meios extraescolares.

Com efeito, jovens rurais com as idades compreendidas entre dezoito e trinta e cinco anos e aptidão física comprovada passaram a servir as Forças Armadas de Defesa de Moçambique, sendo que a sua conscrição destinava-se a representar o país em missões de paz, que não escasseavam no continente. A iniciativa compensava o êxodo forçado dos jovens rurais por um pacote que incluía terra, uma junta de bois e o equivalente a cem salários mínimos para atrair jovens proficientes em inglês.

A oposição no Parlamento não se fartava de criticar o ARDER, alegando que "queimava" o país ao financiar projetos de questionável eficácia a troco do sangue "dos melhores filhos da nação". Reclamava também que, desde que o país adotara o inglês como sua língua oficial, os seus compromissos diplomáticos ultrapassavam os investimentos domésticos, voluntariando recursos de que não dispunha para resolver problemas de terras distantes.

A discórdia era partilhada pelas mesmas comunidades supostamente beneficiárias do projeto, porque estava a atrair emigrantes dos países vizinhos de língua e expressão inglesa que rapidamente se estavam a estabelecer como o grupo social dominante na comunidade.

Apesar de ter escapado da guerra por conta das suas novas ligações familiares, Hohlo sentiu na pele os efeitos do ARDER.

Perdeu a sua esposa para um emigrante zimbabuano que, em pouco tempo, tinha acumulado riqueza, fruto do pacote generoso da Pátria Amada.

Inconformado e decidido a não vergar facilmente, como fizera em Maputo, procurou o rival emigrante para o desafiar corpo a corpo. Eram ambos fortes e o equilíbrio de forças estava muito bem distribuído. Contudo, apareceu alguém que julgava ser muito má ideia deixar a impressão de que os locais podiam desafiar os colonos e, com uma pedra, deu uma pancada fatal a Hohlo.

Hohlo começou a rebolar violentamente na cama, fazia todo o esforço para se libertar do sonho que tinha virado pesadelo, mas era incapaz de abrir os olhos. A agitação baixou repentinamente. Esticou-se, emitiu um grunhido e ficou em paz eterna.

Os dois intrusos assistiram, assustados, à cena das convulsões do violador na cama. Em silêncio, decidiram que queriam estar em todos os locais menos nos aposentos do feiticeiro que tinham diante de si. Sem prestar declarações à multidão que esperava ansiosamente pelo violador, abandonaram o pátio do condomínio.

Um silêncio lúgubre abateu-se sobre a multidão. Alguns entraram na casa do violador para verem o que tinha mortificado os dois jovens, mas muitos assumiram que, se soubessem, seguramente seriam questionados, e por isso o melhor seria mesmo abandonar o condomínio evitando qualquer contacto físico com algo que os pudesse associar ao mistério.